簡明現代英文法

（上）

謝國平　Tse Kwock-ping

國立臺灣師範大學英語系學士
國立臺灣師範大學英語研究所碩士
美國南加州大學語言學博士
國立臺灣師範大學英語系、
英語研究所教授

三 民 書 局 印 行

國家圖書館出版品預行編目資料

簡明現代英文法／謝國平編著 .-- 初版
.-- 臺北市：三民，民78
2冊　　面；　　公分
ISBN 957-14-0012-2（套）
ISBN 957-14-0013-0（上冊）
ISBN 957-14-0054-8（下冊）

1.英國語言-文法　I.謝國平編著

805.16/8255　V. 2

網際網路位址　http://www.sanmin.com.tw

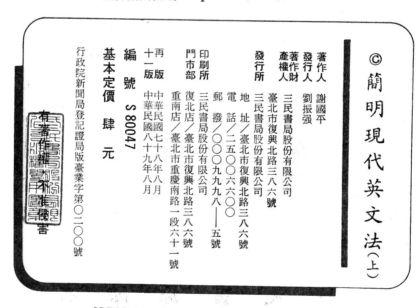

© 簡明現代英文法（上）

著作人　謝國平
發行人　劉振強
著作財　三民書局股份有限公司
產權人　臺北市復興北路三八六號
發行所　三民書局股份有限公司
　　　　地址／臺北市復興北路三八六號
　　　　電話／二五○○六六○○
　　　　郵撥／○○○○九九九八——五號
印刷所　三民書局股份有限公司
門市部　復北店／臺北市復興北路三八六號
　　　　重南店／臺北市重慶南路一段六十一號
再　版　中華民國七十八年八月
十一版　中華民國八十九年八月
編　號　S 80047
基本定價　肆　元
行政院新聞局登記證局版臺業字第○二○○號

ISBN 957-14-0013-0（上冊：平裝）

序

　　這是一本專為我國高中高職及五專學生編寫的英語文法書。為配合這些中等程度學習者的需要，本書在編寫過程中，特別以下列各項為方針：

一、　文字力求簡明，使學生易懂易記。

二、　參考最新資料，以符合現代英語文之情形。

三、　注重社會語言學及語用學之原理原則，對不同的體裁及場合中所使用的結構或詞語加以詳述，務期反映英語文之使用實況，使學生瞭解文法結構與社會語言因素之互動關係。

四、　編寫足夠的習題，以增強各種文法概念及用法之學習。

　　編者從事英語教學及文法譯介多年，但獨立編寫英語文法書則為初次嘗試，因此，雖然兢業從事，小心撰寫，疏漏之處，定所難免，尚祈使用本書之教師、學生，以及學者專家不吝指正為感。

謝國平謹誌

臺北師大英語系　七十八年七月

主要參考資料

Aronson, Trudy. *English Grammar Digest*. Englewood Cliffs, New Jersey: Prentice-Hall, Inc., 1984.

Jesperson, Otto. *A Modern English Grammar: On Historical Principle*. Vol.1-Vol.7.

Marcellar, Frank. *Modern English: A Practical Reference Guide*. Englewood Cliffs, New Jersey: Prentice-Hall, Inc., 1972.

Murphy, Raymond. *English Grammar in Use*. London: Cambridge University Press, 1985.

Quirk, Randolph, Sidney Greenbaum, Geoffrey Leech, and Jan Svartvik. *A Grammar of Contemporary English*. London: Longman, 1972.

Quirk, Randolph, Sidney Greenbaum, Geoffrey Leech, and Jan Svartvik. *A Comprehensive Grammar of the English Language*. London: Longman, 1985.

Swan, Michael. *Practical English Usage*. Oxford: Oxford University Press, 1980.

Swan, Michael. *Basic English Usage*. Oxford: Oxford University Press, 1984.

Wren, P. C. and H. Martin. *High School English Composition*. Bombay: K. & J. Cooper, 1962.

簡明現代英文法　目次

第三章　詞類與文法功能(Parts of Speech and Grammatical Functions)

第四章　句型略要(A Brief Note on Sentence Patterns)

第五章　動詞的種類與形式(Verb Classes and Verb Forms)

第六章　動詞的時式(Tenses)

第七章　時式的關聯(Sequence of Tenses)

第八章　被動語態(The Passive Voice)

第九章　主要助動詞 Be、Have、Do(The Primary Auxiliaries:Be、Have、Do)

第十章　情態助動詞(Modal Auxiliaries)

第十一章　問句的形成(Question Formation)

第十二章　否定句的形式(Negation)

第十三章　名詞(Nouns)

第十四章　代名詞(Pronouns)

第十五章　主詞與動詞的一致(Agreement of Subjects and Verbs)

第一章

有關英語文的幾點認識
(Some Notes on the English Language)

也許有些讀者心裏會問，這本書是英語文法書，為什麼要先談英語文呢？為什麼不開宗明義就談文法？我們的答案是，文法是一種語文的法則，談某種語文的文法之前，最低限度應該對這種語文略有認識。對此時此地把英語當作外語來學習的中國學生而言，最少應該知道英語及英文之別、英語的種類、英語文的重要性，以及英語文法的定義與範圍。本書是以實用為取向的書，因此，上面這些問題，我們盡量以最短的篇幅來闡明，並界定本書在這些問題上所採取的立場，以作其他各章討論課題的範圍及標的。了解這些問題，可使學生、教師，以及一般使用本書的讀者們學習（或教授）英語文時，具有比較正確的方向以及更強的動機。

1.1　英語與英文

(1)　在一般人日常詞彙裏，英語跟英文通常不分，是同義詞，都指 English。事實上，在研究語言時，語與文是有分別的。以聲音說話方式表示的是語，以書寫符號（文字）表示的是文。在現今為數約五千種左右的語言中，有文字的語言只有幾百種 ❶。因此，說話是語言

的主要方式，文字是語言進一步（通常也是次要）的表達。然而，在現代文明中，文字的重要性日益增加，在我們受教育的過程裏，「識字」是相當重要的一環。母語如此，外語（英語）也如此。所以我們學習英文時，不僅希望能聽、會說，更希望具有閱讀與寫作的能力。

大體上，書寫的英文要比口說的英語在體裁形式上比較正式(formal)。正式的體裁在文法規則及遣詞用字方面通常會比較嚴謹。其中的原因主要是在說話時我們往往有很多非語言的方法（如表情、手勢等等），幫我們把意思表達清楚，同時，說話時還可以有不同的語調(intonation)、重音(stress)、節奏及速度來凸顯或強調句子的某些部分。這些都是文字所不易表達的。我們可從下面例子中看看語與文的分別：

JOHN gave the book to Mary. 把書給 Mary 的人是 John。 （JOHN 唸重音）

這句話強調的是 John，說話時只需把 John 唸重音就行了。但是書寫時，就不見得那麼方便了，上面例句的印刷（寫）方式固然可行，但卻需要加上一些特別的符號(如重音符號)。比較正式的文字表達方式是：

It was John that（或 who）gave the book to Mary.
把書給 Mary 的人是 John。

另外，在口語中常可省略一些語詞，例如：

"Seen Mary lately?" 「最近見過 Mary 沒有?」
"No." 「沒有。」

在書寫時比較穩當的寫法是 Have you seen Mary lately?

從上面例子看來，英語與英文是有所分別的，但是，無論語或文，都有其法則，一部完整的文法在必要時應該把這些法則指出。上面第

一例是「焦點重音」的例子，第二例是「省略法」(ellipsis)的一種情形。當然，我們也得了解在大多數情形下，口語與文字還是相當接近的。口語雖然比較不正式(informal)，但也不能違反文法規則，例如，如把 "Seen Mary lately?" 說成 * "Lately Mary seen?" ❷ 就不合文法，使別人覺得不對勁了。

　　理解語與文的異與同後，我們應有如下的認識：大部分文法規則均適用於語與文，但某些情形下，口語與文字有別。因為「英語」一詞語義比較廣，本書採用英語來泛指英語與英文。

　　(2)　英語(the English Language)是一種分佈區域相當廣的語言。在這個通稱的語詞下，包括了很多種不同的次分類。粗略的分起來，計有英式英語、美式英語、蘇格蘭英語、愛爾蘭英語、加拿大英語、南非英語、澳洲英語、紐西蘭英語等。這些地區大都以英語為第一語言或母語來使用，雖然其中每一種英語都略有差異，但是其文法仍是絕大部分是相同的。一般英語文法書所描述的所謂標準英語文法，都是這相同的部分，特別是以其中最重要的兩種英語為主，亦即英式及美式英語為準則。

　　本書所描述的文法，是上述廣泛的標準英語的文法，也就是廣大的英語語言區中，各種地區英語中相同的法則。當然，在這樣做的同時，我們免不了偏重英美式的英語，特別是美式英語。同時，遇到英式與美式英語有明顯及重要差異時，我們也盡量會指出來。比方說，拼字方面 labor（美式）與 labour（英式）之別；用詞方面 railroad（美式）與 railway（英式）、fall（美式）與 autumn（英式）之別；文法方面 One should work hard if **he** wants to succeed（美式）與 One shonld work hard if **one** wants to succeed（英式）之別等❸。

1.2　英語的重要

今天，我們每個中學生都在學英語，但是，對大多數人而言，英語只是一種學科，是學校課程中必須唸的一種課程。很多人並不知道為什麼要學英語，事實上，在那麼多種外語中，我們整個社會以及教育系統，特別重視英語，並非毫無理由的。最明顯而重要的理由是，英語比其他外語來得重要。

我們只要從實用的層面去看，就可體會到英語在今日世界上的重要。英語是現今國際貿易使用最廣的語言，英語是國際航空的共同語，英語更是資訊及科技的最主要語言。全世界的廣播約有百分之六十是使用英語，全球的郵件大約有百分之七十是用英語書寫❹。國際文獻協會（FID, the Federation Internationale de Documentation）在八十年代前幾年曾指出，在全世界龐大的科技文獻中，大約有百分之八十五的資訊是用英語儲存下來的。因此，要使用這些資訊，也非透過英語不可❺。由此觀之，我們若要發展經貿、提升科技，英語便是不可或缺的工具。這情形，對全國如此，對個人而言亦然。

當然，在學習英語的過程中，除單字、發音等以外，文法可算是最重要的一環。

1.3　英語文法

我們都知道，說話及寫作時都須遵守一定的規則，例如在語詞順序方面或遣詞用字或字形變化等方面皆然。否則，我們說出來或寫出來的話就會被認為是不通，不對，或是更常說的，不合文法。因此最

廣義的說法是，文法就是某一語言說話及寫作法則。

近年來，語言學家喜歡用「語法」一詞來取代「文法」。本書爲以教學及實用爲取向，所以仍沿用一般人所熟識的語詞——「文法」(grammar)。

英語的文法按最廣義的解釋，應該包括在音韻、構詞、造句、語意及語用等層次上的規則。這些規則，對以英語作母語的人士而言，是習而不察的。但是對於把英語當作外語來學習的中國學生而言，這些規則都需要刻意的學習。一部最完整的英語文法(English grammar)，當然應該包括從音韻到語用各層次的各種規則，但是在實用及篇幅的考量下，一般的英語文法書多以句法及部分的構詞法爲其主體。在這方面，本書亦不例外。

在以下各章裏，我們將分別討論各種語詞、詞組，及句子的結構（文法形式）及用法（文法功能及表意功能）。

《做練習上冊，習題 1》

---

❶　參看 Ian MacKay (1978). *Introducing Practical Phonetics.* Little Brown and Co., Chapter 2.

❷　本書採用一般語言／語法學書中常用的方式，對於有問題或不大妥當或不合文法之句子，在其前面用星號＊標示之。

❸　參看 Quirk 等 (1972), *A Grammar of Contemporary English,* 1.20, p. 17.

❹　參看❸之 Quirk 等 (1972),1.5, p.4.

❺　參看謝國平 (1984)：〈英語教學與科技發展〉，刊於《明日的科學教育》，臺北：幼獅出版社，pp.445-453。

第二章

英語文法中重要的結構單位 (Important Structural Units in English Grammar)

這一章和第一章性質類似，為基本概念的介紹。在英文法裏，通常以句子為描述及分析的主體。這並不是說，在我們使用英語文的過程中，句子就是最大的單位，因為在寫作、言談、篇章裏，還有比句子更大的結構單位。但是一般來說，句子以上的結構及法則通常是修辭學的範圍，英語文法則以句子為重心。

英語的句子由詞組（片語或子句）組成，詞組則由單字(word)組成，單字則由字根(root)單獨形成，或由字根加上附加成分(affix)而組成；當然，所有的字根及附加成分都由語音所組成。因此，在認識英語文法時，我們必須對英語這些基本單位有所認識。

2.1 英語的語音

英語的書寫符號只有 26 個，但語音卻不只 26 個。以 K.K.音標來表示之，英語的語音如下：

母音：i, ɪ, ɛ, æ, a, ɑ, ɔ, u, ʊ, ʌ, ɝ, ɚ, ə, e, o, aɪ, au, ɔɪ (K.K.所描述的是一般的美國發音，我們所列舉的只是這種發音中最基本的語音，因此其數目並非絕對的，如把與 r 結合的母音也算在內，或將

一些不穩定的地方方音也列出的話，母音數目會更多一些。)

　　子音: p, b, t, d, k, g, f, v, θ, ð, s, z, ʃ, ʒ, h, tʃ, dʒ,　m, m̥,
n, n̥, ŋ, l, l̥, w, hw, j, r

　　這四十幾個語音都由 26 個字母拼寫,因此經常會有同一字母代表
不同的語音, 以及同一語音可由不同的字母及字母群來表示的情形,
使學生產生學習上的困擾。本書並非英語語音學的書, 因此, 我們不
在此介紹發音的細節。在這一節中, 我們只是指出構成英文單字的語
音有四十幾個, 字母只有 26 個。

2.2　字根

　　字根 (或詞根, root)是不含有任何附加成分(affix, 亦即字首或
字尾) 的單字。例如:

　　　　boy、girl、play 等

但是, boys、girls、player 等字就不能算是字根了, 因為這幾個字中,
每一個都多加了一個附加成分, 詞尾 -s 或 -er。

2.3　附加成分(Affixes)

　　英語在構詞時, 附加成分只用字首(prefix)及字尾(suffix)兩種。
常用的字首如:

　　　　表否定的: un-、non-、in-、dis-等

　　　　表輕蔑或貶抑的: mis-、mal-、pseudo-等

　　　　表程度或大小的: arch-、super-、sub-、over-、mini-等

　　　　表態度的: co-、anti-、pro-等

　　　表地方／處所的：intra-、inter-、trans-、sub-等

　　　表時間或順序的：fore-、post-、pre-、ex-、pre-等

常用的字尾如：

　　　-s、-ed、-ing、-er、-ful、-y、-ly、-(i)an、-ese、-ist、-tion、
　　　-ation、-ism、-ify、-ity、-en、-less、-ive、-ic、-ish、
　　　-able 等。

2.4　字

　　雖然在語言學裏，字或單字(word)並不是很精確的術語，但是在一般人的用語中，「字」或「單字」卻是一個很常用也不難了解的詞語。凡是可以單獨使用而含有語意的語音組合，都可稱爲字或單字。因此，boy、girl、play、boys、girls、player、players、store 等，都是英語的字。附加成分（字首或字尾）因爲不能單獨使用，因此不能算字。我們可以說

　　　I saw a boy this morning.

但卻不能說

　　　＊I saw a -less this morning.

或＊I saw a non- this afternoon.

　　字在英語文法裏非常重要，因爲所有句子都是以單字爲基礎而構成的。

〔注意：本書中打星號(＊)的例句是指不合文法或不很妥當的例子。〕

2.5　片　語

　　「片語」簡單地說就是一群單字的組合，因此有人也稱之爲「詞組」。當然，我們知道，不是隨意把幾個單字湊在一起就可稱爲片語(phrase)的。在形式上會有一些表徵，如「介詞片語」(preposition phrase)、「不定詞片語」(infinitive phrase)、「分詞片語」(participle phrase)。在文法功能上，片語可當名詞、形容詞或副詞等使用，所以我們也有「名詞片語」(noun　phrase)、「形容詞片語」(adjective phrase)、「副詞片語」(adverb phrase)等名稱。有關「片語」的形式與功能之間的關係，我們在以後有關的章節中討論。這一章我們旨在認識片語。在以下例句中，斜體部分都是片語：

1. The man was standing *by the table.*　那個男人站在檯子旁邊。

2. *To save money* is very important.　儲蓄是很重要的事。

3. The girl *standing in the corner* is my sister.　站在角落上的女孩是我的姊姊。

第一句例句中的 by the table 在形式上是介詞片語，功能上是副詞片語；第二句中的 To save money 形式上是不定詞片語（有些文法書也只簡稱爲不定詞），功能上是名詞片語；第三句之 standing in the corner 形式上是分詞片語，功能上是形容詞片語。事實上，句子的主詞（全形）The girl standing in the corner 亦可稱爲名詞片語，因爲其功能等於名詞，做句子的主詞。

2.6　子句

「子句」(clause) 也是一群單字的組合，與片語不同之處是，子句含有主詞及完整的動詞 (即限定動詞 finite verb)，而片語則不含完整動詞 (分詞與不定詞只是動詞衍生的形態，本身不作句子的動詞使用)。

「子句」如能單獨使用，就等於是句子，因此，很多文法書把「子句」與「句子」混着使用。但當「子句」本身含有一個從屬連接詞 (或關係代名詞) 作引導詞時，就不能單獨地使用，這種字群我們往往會稱為「從屬子句」(dependent clause 或 subordinate clause)。

能獨立的子句 (independent clause) 與句子無異，所以文法書談到子句時，常以從屬子句為主，從屬子句通常分為三種：

1. 名詞子句 (noun clause)：I know *that he still lives there.*　我知道他仍住在那兒。

2. 形容詞子句 (adjective clause)：The student *who gets the highest grades* will get an award.　得分最高的學生會獲獎。

3. 副詞子句 (adverb clause)：He did not come to school *because he was sick.*　他因為生病沒來上課。

以上三個子句分別含引導詞 that、who 及 because。that 子句作 know 的受詞，who 子句修飾 student, because 子句則修飾主句動詞 did not come。

2.7 句子(Sentence)

傳統文法通常以語意或功能來給句子下定義。因此，有些文法書會說，句子是能表達完整語意的字群，有些則說，句子是包括一個主詞(subject)及一個述語(predicate)的組合。主詞常是句子所要談論的主題，而述語則是闡述這主題的部分。如果我們把這兩種定義合起來說，句子就是敍述一個完整語意的字群，其結構上則是主詞及述語的組合，而述語中含有一個完整的動詞。在英文的書寫系統裏，句子第一個單字以大寫字母開始，最後一個單字後要加句號（·），或問號（?）或感嘆號（!）❶。

以下是英文的句子

The child ate his apple.	（陳述句, statement）
這小孩吃了他的蘋果。	
Did he eat his apple?	（問句, question）
他吃了他的蘋果嗎？	
Eat your apple.	（祈使句, imperative）
把你的蘋果吃了。	
How beautiful she is!	（感嘆句, exclamation）
她多美啊！	
What a pity!	（感嘆句, exclamation）
眞可惜！	

《做練習上冊　習題 2 》

❶ 我們應了解，句子是很難定義的。沒有哪一種定義能充分說明句子所有的性質。比方說，我們會問，怎麼樣才算是「完整」的語意？「完整」與否有沒有客觀的尺度？祈使句（命令句）如 Get out 沒有主詞，但卻算是句子。我們在這裏對句子的看法只是以實用為取向的「定義」，並非完美無缺的定義。

第三章

詞類與文法功能
(Parts of Speech and Grammatical Functions)

從上一章我們可知，句子由單字組成。單字（語詞）按照其文法
上的特性又可分為不同的種類，我們稱之為詞類。在這一章裡，我們
簡署地介紹英語的詞類以及一些基本的文法功能，作為往後各章的基
礎。有關各種詞類的詳細情形，請參看與各該詞類有關的章節。

3.1 詞類(Parts of Speech)

英語中重要的詞類大致有：名詞(noun)、代名詞(pronoun)、動
詞(verb)、形容詞(adjectives)、副詞(adverb)、介系詞(prepo-
sition)、連接詞(conjunction)及感嘆詞(interjection)。其中名詞、
代名詞及動詞構成句子的核心(主詞與述語)，形容詞與副詞為修飾語，
介系詞與連接詞為連結詞與詞組之語詞，感嘆詞則表示說話者的情緒，
是相當獨立的一類。此外冠詞(article)雖然在很多文法書中並不算一
種詞類，但冠詞在英語的地位相當重要，因此所有文法書都不會忽署，
而以特別的章節來討論。

(1)　名詞(Noun)

　　名詞是人、地、事物或概念的名稱。例如：Peter、Taipei、table、key、kindness、honesty 等。

　　名詞可分為：「專有名詞」、「普通名詞」、「抽象名詞」、「物質名詞」、「集合名詞」等。這些分類也可以用是否可加複數詞尾-s（或是否可有複數形態）而分為「可數名詞」與「不可數名詞」。

　　1.　「專有名詞」(proper noun)是特定的人、地、事物的名稱，拼寫時要以大寫字母起首。例如：Peter、Tom、Alice、Mary、Taipei、New York、London、Sunday、October 等。

　　2.　「普通名詞」(common noun)是一般，而非特定的人、地、事物共同的名稱，拼寫時不必以大寫起首。例如：man、dog、city、table、chair、apple、box、hat 等。

　　3.　「物質名詞」(mass noun 或稱 material noun)指構成物體的不可分的質與料等，例如：water、air、coffee、iron、wool、paper、milk、bread 等。

　　4.　「抽象名詞」(abstract noun)為事物的性質、特性以及抽象的想法、概念等的名稱。例如：love、beauty、courage、happiness 等。

　　5.　「集合名詞」(collective noun)為一群人、動物或事物整體的名稱。例如：crowd(群眾)、team (隊)、class (班)、committee (委員會)、herd (群)、party (政黨)、family (家庭) 等。

　　以上的分類中，普通及集合名詞是可數名詞，而抽象、專有及物質名詞通常是不可數名詞。因此，從可數與不可數的特性來看，名詞的種類大致如下❶:

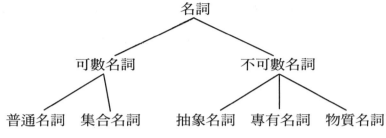

以下各例句中斜體的語詞為名詞：

1. ***John*** bought two ***books*** yesterday.　John 昨天買了兩本書。

2. He doesn't like ***milk***.　他不喜歡牛奶。

3. ***Tom*** doesn't have any ***respect*** for her.　Tom 對她一點也不尊敬。

4. The ***committee*** have disagreed among themselves. 委員們意見不一。

(2)　代名詞(Pronoun)

用來代替名詞的字稱為代名詞。代名詞可分為：「人稱代名詞」、「指示代名詞」、「疑問代名詞」、「不定代名詞」及「關係代名詞」等大類。

(1)　人稱代名詞(personal pronoun)有：

I, me	我	we, us	我們
you, you	你	you, you	你們
he, him	他	they, them	他們
she, her	她		
it, it	它		

(2)　指示代名詞(demonstrative pronoun)有：

this（這）、these（這些）、that（那）、those（那些）

(3)　疑問代名詞(interogative pronoun)有：

Who…?　　　　　Whom…?　　　　　Whose…?

Which…?　　　　What…?

(4)　不定代名詞(indefinite pronoun)常用的有：

all	any	anyone	anybody	both
each	either	everyone	everybody	few
many	neither	none	nobody	no one
one	several	some	someone	somebody

(5)　關係代名詞(relative pronoun)用來引導一個形容詞子句，
　　包括：

who　　whom　　whose　　which　　what　　that

以下例句中，斜體的語詞為代名詞：

1.　*He* owed *me* ten dollars.　他欠我十元。(人稱代名詞)

2.　Tom doesn't like *these*.　Tom 不喜歡這些。(指示代名詞)

3.　*What* did Alice want?　Alice 想要什麼?(疑問代名詞)

4.　*Everybody* likes Mary.　每個人都喜歡 Mary。(不定代名詞)

5.　The girl *who* is standing in the corner is Tom's cousin.　站在角落上的女孩子是 Tom 的表姐。(關係代名詞)

(3)　動詞(Verb)

表示動作或狀態的語詞稱為動詞。動詞為句子中述語的主要部分,表示主詞的動作或狀態或情形。動詞可分為普通動詞與助動詞兩大類,普通動詞是動詞的核心,助動詞則「幫助」普通動詞表達其「時式」(tense)及「語態」(voice)或說話者語意上各種「情態」(如承諾、決心等)。以下各句中,斜體的語詞為動詞,或助動詞＋動詞的動詞組:

1. Tom *hit* John.　Tom 打了 John。
2. He *drank* some milk.　他喝了一些牛奶。
3. Our teacher *looked* very tired.　我們的老師看來很疲倦。
4. He *ran* away.　他跑開了。
5. She *is* ill.　她生病了。
6. We *can swim*.　我們會游泳。
7. He *has done* his homework.　他已經做完功課。
8. You *will see* me if you *come* here tomorrow.　如果你明天到這兒來,你就會見到我。
9. We *must leave* now.　我們現在得走了。

(4)　形容詞(Adjective)

用來修飾名詞或代名詞的語詞稱為形容詞,例如:

blue eyes,　藍眼睛　　　　*large* city,　大城市

fat man,　胖子　　　　　　*cold* season,　寒冷的季節

red rose,　紅玫瑰　　　　　*ten* apples,　十個蘋果

this girl, 這個女孩

從以上例子可知，形容詞常告訴我們有關名詞的種類、特性、數目等訊息。因此數詞(numerals；即 one、two、three 等)及指示詞(this、that)等都可作形容詞使用。從最廣義的角度看來，「冠詞」(articles；a、an、the)亦可算是形容詞之一，至少具有「限制」名詞的語意的功能。

(5) 副詞(Adverb)

修飾動詞、形容詞或另一個副詞的語詞稱為副詞。

副詞最常用的情形是修飾動詞。修飾動詞時副詞提供有關動作的狀態(manner)、時間(time)、地點(place)、程度(degree)等訊息。例如：

1. She is singing *happily*. (狀態)
2. We told her the news *immediately*. (時間)
3. He went *there*. (地方)
4. The band played *long*. (程度) 樂隊演奏了很久。

副詞修飾形容詞及另一副詞之例子如：

5. She is *extremely* clever. 她極端地聰明。
6. We walked *very* slowly. 我們走得很慢。

(6) 介系詞(Preposition)

介系詞置於名詞或代名詞前面，表示這名詞或代名詞與句子中其他某些語詞之間的關係。介系詞常簡稱為「介詞」，也有些文法書稱之

為「前置詞」。例如：

1. We will see you *after* dinner.　我們晚飯之後會見你。
2. The book is *on* the desk.　書在桌子上。
3. Everyone *in* the room laughed loudly.　房間裏的每一個人都大聲地笑。

介詞與尾隨的名詞或代名詞構成片語，稱為介詞片語(preposition phrase)，介詞後面的名詞或代名詞稱為介詞的受詞(object of preposition)，如是代名詞則要用受格形式(如 for him)。介詞片語常當修飾語使用，例如以上第 1 句之 after dinner 修飾 will see，第三句之 in the room 則修飾 everyone。

常用的介詞有：

about	above	across	after
along	among	around	at
before	behind	below	beside
besides	between	beyond	but(except 之意)
by	down	during	except
for	from	in	into
of	off	on	over
since	through	throughout	to
toward	under	until	up
upon	with	within	without 等

注意：有些介詞是片語形態，如 in spite of、on account of 等。

(7)　連接詞(Conjunction)

用來連接單詞、詞組（片語）、子句之語詞稱為連接詞。例如：

1. Tom **and** Jack are here.　Tom 和 Jack 都來了。(連接兩個語詞)

2. Did he go there by bus **or** by taxi?　他是坐公車或是坐計程車到那兒的呢?(連接兩個詞組〔介詞片語〕)

3. Your uncle called **and** left a message for you.　你叔叔打電話來，留了個口信給你。(連接兩個子句)

4. I will wait **until** you come here.　我會一直等到你來這兒。(連接兩個子句)

連接詞通常分爲「對等連接詞」(co-ordinating conjunction)及「從屬連接詞」(subordinating conjunction)兩種。對等連接詞連接文法功能相等的語詞、詞組及獨立子句，例如上面例句 1、2 及 3。從屬連接詞則引導從屬子句，並將從屬子句與主要子句連接起來，如例句 4。

常用的對等連接詞有：

　　and　or　but　nor　for

注意：有些文法書把 either...or、neither...nor、both...and、not only...but(also)、whether...or 等也當作從屬連接詞。有些文法書則另闢一類，稱這些成雙使用的語詞爲「相關連接詞」(correlative conjunction)。

常用的從屬連接詞有：

after	although	as	because
before	how	if	in order that
provided	since	so that	that
than	though	till	until
unless	when	whenever	where

wherever   while

(8) 感嘆詞

感嘆詞表示情緒，與句子中其他語詞並無文法上的關係。例如：

My goodness! What have you done? 我的天啊！你做了些什麼？

Oh, what a beautiful girl she is! 呀，她是個多麼美的女孩呀！

Bravo! 好極了！

Ouch! 哎唷！

(9) 冠詞(Article)

雖然很多文法書不把冠詞當作一種詞類，但冠詞在英語中是相當重要的語詞。在文法結構上，冠詞為名詞的指標，亦即定詞(determiner)的一種，作為尾隨的名詞的標誌。在語意功能上，冠詞可以指出置於其後的名詞是有所特指的人或事物(definite)或是不定的人或事物(indefinite)。英語的冠詞有 a/an 及 the。其中 a/an 稱為「不定冠詞」(indefinite article)，而 the 稱為「定冠詞」(definite article)。例如：

I want to buy *a* radio. 我想買一部收音機。

The man in *the* car is my uncle. 在那輛車子裏的人是我叔叔。

She gave me *an* orange. 她給我一個橘子。

《做練習上冊，習題 3》

3.2 文法功能(Grammatical Functions)

從第二章 2.7 節裏我們知道英語的句子分主詞及述語兩部分，主詞表示句子所要談論的主題，而述語則是闡述這主題的部分。述語中最重要的部分是動詞,常表示主詞所做的動作或所需的狀態或情況等。一般說來，如動詞對某人或事物有所影響時(亦即為及物動詞時)，其後還得接一受詞，方合文法。

句子中每一個字都屬於某種詞類,但也同時具有固定的文法功能。粗畧的分，除了動詞（作句子述語的核心）外，主要的文法功能包括主詞(subject)、受詞(object)及修飾語(modifier)。

(1) 「主詞」是述語動詞的「主事者」(agent)，如動詞為表示動作的動詞，則主詞為做動作的人或動物。如動詞表示狀態或情況，則主詞為處於這種情況或狀態的人或事物。主詞由名詞、代名詞或名詞相等語(noun equivalents)表示。以下例句中，斜體語詞為主詞:

1. *Tom* saw Mary. (名詞)
2. *He* is happy. (代名詞)
3. *That he is lazy* is a well-known fact. (名詞子句: 名詞相等語)
4. *Swimming* is his favorite sport. (動名詞: 名詞相等語)
5. *To save money* is important. (不定詞: 名詞相等語)

(2)　「受詞」是述語動詞的「受事者」，為動作影響所及的人或事物。受詞由名詞、代名詞或名詞相等語表示。注意：如受詞為代名詞時，要用受格形式。例如：

1. We met ***Larry*** yesterday.（名詞）

2. Tom bought two ***books***.（名詞）

3. I didn't see ***him***.（代名詞）

4. She knows ***that I don't like her***.（名詞子句：名詞相等語）

5. We all like ***jogging***.（動名詞：名詞相等語）

6. Alice decided ***to leave***.（不定詞：名詞相等語）

注意：(a)　介詞後面的名詞或代名詞亦稱為介詞的受詞，要用受格。例如：

7. He did it for ***her***.

(b)　有些動詞如 give、buy 等可帶兩個受詞，其中直接受動作影響者稱「直接受詞」，另一個則稱為「間接受詞」。例如：

8. She gave ***me*** a ***book***.　其中 book 為直接受詞，me 為間接受詞。

(3)　「修飾語」廣義的指一切修飾另一語詞的用語。包括最常用的形容詞及副詞。另外「補語」(complement) 及「同位語」(appositive) 也是修飾語❷。以下例句中，斜體部分都是修飾語，箭號所指為被修飾的語詞：

1. Jane has a ***red*** dress.　　　　　　　　　　（形容詞）

2. The boy spoke ***loudly***.　　　　　　　　　　（副詞）

3. The man looked ***angry***.　　　　　　　　　　（主詞補語）

4. Peter is *a doctor*.　　　　　　　（主詞補語）

5. We elected him *president*.　　　　（受詞補語）

6. Jane, *my daughter*, is a nurse　　（同位語）

修飾語跟主詞及受詞相似，是文法功能，因此任何具有這種功能的結構單位都可以做修飾語。上面例句 1 至 6 之外（多數爲單字），片語與子句也可作修飾語使用。例如：

7. The book *on the table* is mine.　桌子上的那本書是我的。（片語）

8. He worked *for a long time*.　他做事做了很久。（片語）

9. I don't like the vacuum cleaner *that he bought yesterday*.　我不喜歡他昨天買的那部眞空吸塵器。（子句）

10. *When Peter becomes excited*, he speaks very fast.　Peter 興奮時，說話說得很快。（子句）

《現在做練習上冊，習題 4》

---

❶ 有些文法學者把名詞分爲專有名詞與普通名詞兩大類。普通名詞則分爲可數與不可數兩種，不可數名詞包括抽象與物質名詞兩種。在此圖解中之普通及集合名詞，都算是可數的普通名詞。本書以下第十三章也採取此種分法。

❷ 最廣義的說，冠詞也可算是「修飾語」的一種。

第四章

句型署要
(A Brief Note on Sentence Patterns)

4.1 句子的基本部分：主詞與述語

我們在 2.7 及 3.2 都提過英語句子分為「主詞」與「述語」兩大部分。主詞為句子談及的主題，而述語則為有關主題的訊息。形式上，主詞為名詞、名詞組或名詞相等語，述語則是主詞以外的部分，試看下列各句：

主詞	述語
The sun	is shining.
John	hit Mary.
Mary	gave Tom a book.
The man	seemed happy.
We	kept our shoes dry.

語意上，主詞表示句子的「主題」(theme)，亦即已知的或舊的訊息（是說話者與聽者都已知的人或事物，或是說話者推斷聽者也知道

的人或事、物);述語則表示與這主詞有關的新訊息。比方說,在 John hit Mary 一句中,句子的主題是說話者及聽者都已知的,說話者的用意是告訴聽者有關 John 的事(John 打了 Mary),對聽者而言「打了 Mary」是有關 John 的「新訊息」(至於 John 本人,聽者已認識其人了)。

4.2　句子的核心：動詞

構成句子的各種結構單位或語意及文法功能中,最重要的就是動詞。動詞是述語的核心,因此也是句子語意之要素。修飾語通常可有可無,主詞與受詞有時候也可在適當的上下文或結構中省略,例如:

1.　Come in. (祈使句,省略主詞 You)

2.　A: "Show me your book."

　　B: "I show you later." (會話中,省略受詞 my book—I show you *my book* later.)

　　但是句子的動詞不能省略❶。

因此,句型的分類,往往以動詞及其在述語中連用的其他語詞之類別為基準。在下面一節討論基本句型之前,我們應該知道,動詞可分為兩大類,一種是「及物動詞」(transitive verb),另一種是「不及物動詞」(intransitive verb)。文法形式上,及物動詞後面需要有受詞,而不及物動詞後面則不帶受詞。

4.3　基本句型

英語句型基本形式並不多，最蓋括方式分起來，有五種，以下我們分別的介紹。有些文法書會依動詞的次分類把句型再細分爲十至十幾種。但是，對中國學生而言，分類太多太細反而不易記憶及處理，學習效果反而不好。同時，我們應注意，這些分類並不是絕對的，並不是說某個動詞的用法屬於某一句型之後，就只能永遠如此。有時候，同一動詞可以有好幾種用法，分屬好幾種句型。

在說明基本句型之前，爲方便起見，我們先介紹一些常用的文法術語的署寫：

Subj.＝Subject　主詞

Pred.＝Predicate　述語

NP＝Noun Phrase　名詞組（名詞片語）

VP＝Verb Phrase　動詞組（動詞片語）

Obj.＝Object　受詞

Vt＝Transitive Verb　及物動詞

Vi＝Intransitive Verb 不及物動詞

V-ing＝Present Participle/Gerund（Verb in ing-form）
　　　　ing 形式（現在分詞／動名詞）

V-ed＝Past Form of Verb　動詞過去式

V-en＝Past Participle　過去分詞

Adj.＝Adjective/Adjectival　形容詞／形容詞結構

Adv.＝Adverb/Adverbial　副詞／副詞結構

Comp.＝Complement　補語

Obj. Comp.＝Object Complement　受詞補語

Subj. Comp.＝Subject Complement　主詞補語

D.O.＝Direct Object　直接受詞

I. O.＝Indirect Object　間接受詞

N＝Noun　名詞

V＝Verb　動詞

Prep.＝Preposition　介系詞

Conj.＝Conjunction　連接詞

Art.＝Article　冠詞

Aux.＝Auxiliary Verb　助動詞

Interj.＝Interjection　感嘆詞

Sing.＝Singular　單數

Pl.＝Plural　複數

Part.＝Particle　介副詞

(1)　句型 1

Subj.＋Vi

Subj.　主詞	Pred.　述語
NP　名詞組	Vi　不及物動詞

注意：NP 指名詞或名詞片語或代名詞，以下各句型中亦如此。

例如：　1.　It was raining.　當時正在下雨。

　　　　2.　They have left.　他們離開了。

　　　　3.　The door opened.　門開了。

4.　The sun is shinning.　太陽在照耀。

5.　Birds fly.　鳥兒會飛。

6.　The river is rising.　河水正在上漲。

這類句型的動詞是不及物動詞，後面不能有受詞，也不必帶副詞結構，但是，在很多情形下，這句型的動詞可以帶副詞結構，作其修飾語。事實上，在日常生活中，下面的例句也許比例句 1-6 還要普遍。

7.　It rained yesterday.　昨天下雨。

8.　They left in a hurry.　他們匆忙地走了。

9.　The river is rising after the rain.　下雨後河水正在漲。

10.　She arrived on time.　她準時到達。

11.　Water boils at 100°C.　水在攝氏一百度時沸騰。

12.　The sun rises in the east.　太陽從東邊升起。

(2)　句型 2

Subj.＋Vi＋Subj. Comp.

Subj.　主詞	Pred.　述語	
NP　名詞組	Vi　不及物動詞	Subj. Comp. 主詞補語

這句型之 Vi 指「連繫動詞」(linking verbs)。其中包括動詞 be、appear、become、feel、grow、look、remain、seem、smell、sound、stay、taste 等，另外如 fall、come、get、go、prove 等動詞也可與主詞補語連用。

本句型之補語可以是 NP、 Adj、 Adv，或介詞片語，以下例句中，斜體部分為補語。

A. 動詞為 be 時，例如：

1. Tim is *a student*. Tim 是學生。

2. He is *a happy boy*. 他是個快樂的男孩。

3. This is *Dr. Craig*. 這是 Craig 醫師。

4. Larry was *tired*. Larry 很累。

5. They are *hungry*. 他們餓了。

6. The television is *on*. 電視開了。

7. The class is *over*. 下課了。

8. They were *out of breath*. 他們喘不過氣來。

9. We are *in love*. 我們戀愛了。

10. Beth is *in good health*. Beth 身體很好。

11. We are *here*. 我們在這兒。

12. Our car is *in the garage*. 我們的車在車庫裏。

注意：主詞補語如為代名詞時，一般可用受格，如 It's me., That's him. 正式的用法用主格，例如 This is he.

B. 動詞為 be 以外的連繫動詞及其他動詞時，例如：

13. Steve became *angry*. Steve 生氣了。

14. He became *our manager*. 他當了我們的經理。

15. We became *heroes*. 我們成為英雄。

16. They seemed *happy*. 他們似乎很快樂。

17. We all felt *sorry*. 我們都覺得抱歉。

18. They appeared *out of breath*. 他們似乎喘不過氣

來。

19. The milk tastes *sour*.　這牛奶嚐起來是酸的。

20. She feels *at home*.　她覺得很自在。

21. That plan seems *of no importance*.　那個計劃似乎不重要。

22. The milk seems *off*.（＝sour）（非正式用法）牛奶似乎酸了。

另外，在英式英語中，seem、look 等動詞後面也可接 NP 作主詞補語，但在美式英語中則比較少這樣說。例如：

23. He seemed *the right choice*.　他似乎是正確的人選。

24. （美式英語）He seemed *to be the right choice*.

綜合而言，句型 2 之 Vi 後面的修飾語，無論是名詞、形容詞或副詞結構（或介副詞），或介詞片語，所修飾的對象皆爲主詞，所以都是主詞補語，而這句型中的 Vi，則以 be 及其他連繫動詞爲主❷。

（3）　句型 3

Subj.＋Vt＋Obj.

Subj.　主詞	Pred.　述語	
NP　名詞組	Vt.　及物動詞	Obj　受詞
		NP　名詞組

本句型中動詞後面之名詞或名詞組稱爲受詞，是動詞直接影響所及之人或事、物。如受詞是代名詞時，應用受格形式（如 me、him、 them、her 等）❸。例如：

1. The boy kicked the ball. 那個男孩子踢了那個球。

2. His lecture bored me. 他的演講使我覺得很煩悶。

3. We all know him. 我們都認識他。

4. She bought some apples. 他買了一些蘋果。

5. Edison invented many things. 愛廸生發明了很多東西。

注意：本句型中的動詞包括一般的單字動詞（如上面例句 1 至 5 之動詞），以及片語動詞(phrasal verb，亦即「動詞＋介副詞」的詞組)。例如：

6. The manager *called off* the meeting. 經理把會議取消了。

7. I *took off* my shirt. 我脫下我的襯衣。

8. She *turned on* the radio. 她打（扭）開收音機。

9. No one can *figure out* the answer. 沒有人能夠把答案想出來。

10. He *turned down* our request. 他拒絕了我們的請求。

11. They *are looking for* you. 他們正在找你。

12. I will *look after* the baby for you. 我會替你照顧小寶貝的。

13. John *called on* his teacher last week. John 上週拜訪他的老師。

14. I am going to *look into* the matter personally. 我會親自去調查這件事。

15. The cake *consists of* flour, egg, butter and sugar.

這蛋糕含有麵粉、蛋、牛油及糖。

另外，例句 6 至 10 中，受詞可以置於介副詞與動詞之間。如受詞為代名詞時，則必需置於動詞與介副詞之間。例如：

16.　I took my shirt off.

17.　I took it off.

然而，例句 11 至 15 中，受詞無論是名詞或受詞，均置於介副詞後面，絕不可置於動詞與介副詞中間。我們可以說：

18.　I will look after the baby for you.

但不可說：

19.　＊I will look the baby after for you.

　　＊I will look it after for you.

綜合而言，有些片語動詞之性質與一般的單字及物動詞一樣，必須與受詞連用。

（4）　句型 4

Subj.＋Vt＋I. O.＋D. O.

Subj.　主詞	Pred.　述語		
NP 名詞組	Vt 及物動詞	I. O.間接受詞	D. O.直接受詞
		NP 名詞組	NP 名詞組

英語中有些動詞如 ask、give、buy、send、show、build、choose、do、find、get、leave、order、prepare、save 等，可以有兩個受詞，一個稱為直接受詞(direct object, 通常為事物)，另一個稱為間接受

詞(indirect object, 通常爲人或動物)。當然，這兩個受詞都屬於受格，如爲代名詞，則得用受格形式。例如：

1. I gave ***him a book***. 我給他一本書。
    I.O.   D.O.

2. They sent ***Tom some microfilms***. 他們送給 Tom
       D.O.   D.O.

    一些縮影膠片（微影片）。

3. She gave her ***cat some milk***. 她給她的貓一些牛奶。
        I.O.   D.O.

4. He showed ***me his passbook***. 他把銀行存摺給我看。
       I.O.   D.O.

5. Can you do ***me a favor***? 你可以幫忙我嗎?
       I.O. D.O.

6. I paid the ***man two thousand dollars***. 我付了二千
        I.O.   D.O.

    元給那個男人。

這句型可變成 Subj.＋Vt＋D. O.＋Prep.＋I.O.，其語意不變，例如：

7. I gave a book to him.

8. They sent some microfilms to Tom.

9. I paid two thousand dollars to the man.

這相關句型中的介詞大多數是用 to, 但如動詞爲 buy 或 make 等時，介詞用 for; 而動詞爲 ask 時, 介詞用 of。例如：

10. I bought a doll for Amy.
    I bought Amy a doll.   我給 Amy 買了一個洋娃娃。

11. Mother made a cake for me.
    Mother made me a cake.   媽媽爲我做了一個蛋糕。

12.　He asked a favor of me.　他請我幫個忙。
　　　He asked me a favor.

一般說來 I.O.＋D.O.與 D.O.＋Prep.＋I.O.都可用。但是如間接
受詞很長時，則以 D. O.＋Prep.＋I. O.形式比較好。例如：

13.　I gave a hundred dollars to *the man who came to*
　　　my house and helped me clean up my room
　　　yesterday. （比較好）

14.　I gave *the man who came to my house and*
　　　helped me clean up my room yesterday a hun-
　　　dred dollars. （比較不自然）

相反的，如直接受詞很長時，則用 I. O.＋D. O.比較好。例如：

14.　I gave Mary *some expensive and exotic fruit*
　　　grown in tropical countries. （比較好）

15.　I gave *some expensive and exotic fruit grown in*
　　　tropical countries to Mary. （比較不自然）

(5)　句型 5

Subj.＋Vt＋Obj. ＋Obj. Comp.

Subj.主詞	Pred.述語		
		Obj.受詞	Obj. Comp. 受詞 補語
NP 名詞組	Vt 及物動詞		

		NP 名詞組	NP 名詞組 Adj.形容詞

　　本句型之受詞後面接一修飾受詞的修飾語, 稱爲受詞補語 (Object Complement)。如動詞爲 consider、think、find、make 等, 受詞補語可以是 NP 或 Adj.; 如動詞爲 appoint、call、elect、name、choose 等, 受詞補語只能用 NP。例如: (斜體部分爲受詞補語)

1. We consider him *a good friend*.　我們認爲他是個好朋友。

2. We consider this plan *very important*.　我們認爲這個計劃很重要。

3. I thought her *clever*.　我覺得她聰明。

4. He thinks himself *a good student*.　他覺得自己是個好學生。

5. We find him *a nuisance*.　我們發覺他是個令人討厭的人。

6. We find this book *very interesting*.　我們發現這本書很有趣。

7. Prof. Thompson made Peter *his assistant*.　Thompson 教授請 Peter 做他的助教。

8. You make me *sick*.　你使我覺得很噁心。

9. We appointed her *our delegate to the convention*.　我們委任她做我們出席會議的代表。

10. They called me *a fool*.　他們稱我爲傻瓜。

11. His friends call him *Jim*.　他的朋友叫他做 Jim.

12. They named their baby *Paul*. 他們給他們的嬰兒取名爲 Paul。

《做練習上冊，習題 5》

---

❶ 一般來說，除感嘆句外，一個句子必須有一個完整的述語動詞。

❷ 有些文法書會把這句型細分爲三種。一種含動詞 be；第二種之動詞爲除 be 以外的連繫動詞（其後面之主詞補語可以是名詞或形容詞）；第三種之動詞（亦以連繫動詞爲主）只能接形容詞做主詞補語。但因爲有些動詞可同時分屬第二及第三種，所以這種分法並不理想，徒增學習者之困擾。倒不如不細分。因爲這句型的動詞不多，以 be 及其他連繫動詞（seem、appear 等）爲主，其最大特徵是後面的修飾語都是修飾主詞的補語，很容易記憶及辨認。

❸ 有些動詞（如 have、cost、weigh、lack、fit、equal 等）後面接名詞組，但這些名詞組的功能介於受詞與副詞之間。這些動詞在字典中亦歸類爲「及物動詞」；然而這些動詞（有些文法稱之爲 Middle Verbs「中間動詞」）與眞正的及物動詞不同之處是，眞正的及物動詞可以有被動式，但這些動詞則不可。例如：我們可以說 John hit Tom 也可以說 Tom was hit by John，但 I have two dollars 卻不可說成＊Two dollars are had by me. The book costs three dollars 也不可說成＊Three dollars are cost by the book.

含有這類動詞的句子有些文法書會認爲是獨立的另一種句型；但本書不另外處理，因爲其結構基本上還是 NP＋Vt＋NP。但我們必須記住，Middle Verb（中間動詞）後面之 NP 文法功能介於受詞與副詞之間，而且不可有被動式。其他的例子如：

He ran a mile.

Dan lacks confidence.

Two times two equals four.

第五章

動詞的種類與形式
(Verb Classes and Verb Forms)

從這一章開始，我們分別把各大詞類逐章地介紹及討論。但是，因爲動詞在句子中具有樞紐的地位，我們不只先討論，同時並分好幾章來討論。本章介紹動詞的種類及形式，接下幾章分別是動詞的時式 (tenses)、時式的關聯 (sequence of tenses)、語態 (voice)、主要助動詞 (primary auxiliaries、Be、Have、Do)、情態助動詞 (modal auxiliaries)、問句的構成 (guestion formation) 及否定句法 (negation)。接着我們才討論名詞、代名詞等詞類。至於與動詞有關的不定詞、分詞、動名詞等單元，則待所有主要詞類都描述後，再加以介紹。

5.1 動詞的種類 (Verb Classes)

動詞的分類可以用文法、構詞及語意爲基準。比方說，以構詞 (亦即詞形) 來說，動詞可分爲規則動詞 (regular verb) 與不規則動詞 (irregular verb)；以語意及文法來說，動詞可分爲及物與不及物動詞，或動態 (dynamic) 與靜態 (stative) 動詞等等。但是，最常用的分類法是把動詞分爲普通動詞 (ordinary verb) 及助動詞 (auxiliary

verb)兩大類。助動詞又可分為主要助動詞(primary auxiliaries)與
情態助動詞(modal auxiliaries)。我們可用下面之圖解表示之：

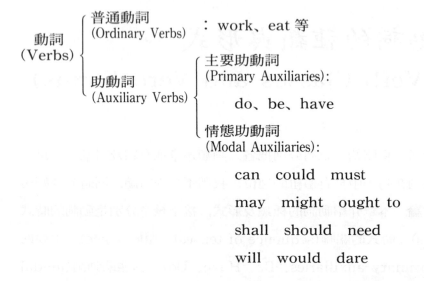

普通動詞指一般的單字或片語動詞，其主要功能是表達述語的語
意，如 eat、work、hit、kick、want 等，因此，普通動詞又稱為「字
語動詞」(lexical verb)。在實際說話或寫作的句子裏，普通動詞可以
單獨使用。

助動詞除了在對話中的短答句或在某些省暑法(ellipsis)的句子
中以外，在一般句子裏不可單獨使用，例如，我們可以說：

1.　He came here.

2.　He kicked the ball.

但在沒有其他上下文情況下，我們不會說：

3.　* He has.

4.　* He could.等

因此，助動詞最主要的功能是「幫助」普通動詞構成動詞組(verb phrase)。概畧的說，動詞的疑問式、否定式、進行時式、完成時式、將來時式、被動語態，以及動詞本意以外的「情態」如能力、義務、需要、允許、可能性等，都是透過助動詞來表示的。

形成語法結構（如被動式、完成式及進行式等）的助動詞爲 Be, Have 及 Do。我們稱爲「主要助動詞」。

5. I *am* going home now.（進行式）

6. I *have* finished doing my homework.（完成式）

7. The job *was* completed on time.（被動式）

表示各種「情態」（如能力、可能性、義務等）的助動詞稱爲「情態助動詞」。情態助動詞有：can、could、may、might、will、would、shall、should、must、ought to、need、dare 等。其中 will 與 shall 也是構成將來時式的助動詞。

8. He *can* swim.（能力）

9. You *may* come in.（允許）

10. It *may* rain this afternoon.（可能性）

11. We *should* get up early in the morning.（責任／義務）

12. I *must* tell you the truth.（需要）

13. I *needn't* tell you the truth.（需要）

另外，在問句及否定句形成中，助動詞也扮演文法上的功能字。助動詞與主詞倒裝形成 yes-no 問句；助動詞與 not 連用形成否定句。

14. *Can* he do it?

15. *Do* you like swimming?

16.　She *cannot* swim.

5.2　動詞形式(Verb Forms)

　　英語動詞的詞形會因爲時式及主詞的人稱、數目不同而變化，一般說來，情態助動詞本身沒有形式的變化。但主要助動詞 be、have、do 及普通動詞則有動詞詞形的變化。動詞變化包括第三人稱單數現在式的-s（如 He works），過去式的-ed（如 He worked），現在分詞的-ing（如 He is working），過去分詞-en（如 He has worked），以及動詞的原式(root form)。另外，助動詞還有否定式(negative)及否定署寫／讀式(contracted negative)。

(1)　主要助動詞 be、have、do

A. Be

　　在英語所有動詞中，be 是詞形變化最多的一個。be 與其他兩個主要助動詞一樣，除當助動詞使用以外，也可作普通動詞。其動詞變化則一樣。

		肯定式	否定式	否定署寫/讀式
原式		be		
-s（現在）形式	第一人稱單數	am, 'm	am not, 'm not	* ❶
	第三人稱單數	is, 's	is not, 's not	isn't

		肯定式	否定式	否定署寫/讀式
	第二人稱及第一，三人稱複數	are 're	are not, 're not	aren't
-ed(過去)形式	第一、三人稱單數	was	was not	wasn't
	第二人稱及一、三人稱複數	were	were not	weren't
-ing（現在分詞）形式		being	not being	
-en（過去分詞）形式		been		

B.　Have

		肯定式	否定式	否定署寫/讀式
原式		have		
-s(現在)形式	第一、二人稱及第三人稱複數	have, 've	have not, 've not	haven't
	第三人稱單數	has, 's	has not, 's not	hasn't
-ed（過去）形式		had	had not, 'd not	hadn't

-ing（現在分詞）形式	having		
-en（過去分詞）形式	had		

C. Do

	肯定式	否定式	否定署寫／讀式
原式	do		
-s(現在)形式	第一、二人稱及第三人稱複數　do	do not	don't
	第三人稱 單數　does	does not	doesn't
-ed（過去）形式	did	did not	didn't
-ing（現在分詞）形式	doing		
-en（過去分詞）形式	done		

（2） 情態助動詞

　　情態助動詞本身沒有形式上的變化, 第三人稱單數不加-s, 沒有現在或過去分詞的形式（例如, 沒有 ＊ cans ＊ musting 等形式）。雖然在時式並用時, would、could、should、might 可算是 will、can、 shall、may 的過去形式；然而，除此以外，情態助動詞的確可以說是沒有詞形的變化。

(3)　普通動詞

從構詞上說，普通動詞可分爲規則動詞(regular verbs)與不規則動詞(irregular verbs)兩種。

A.　規則動詞

規則動詞的變化顧名思義的是相當規則，-s 形式與 -ing 形式固然如此，其過去式與過去分詞都是加-ed 字尾形成。如：

原式	-ed（過去）式	-en（過去分詞）式
work	worked	worked
want	wanted	wanted
等		

注意：(a)　對普通動詞而言，因爲-s 形式與-ing 形式相當規則，因此動詞的變化通常只需列舉原式，-ed 形式及-en 形式。

(b)　關於動詞（特別是規則動詞）變化時拼寫(spelling)上應注意事項，參看第六章「動詞的時式」。

B.　不規則動詞

英語的不規則動詞不到三百個，其中有些並不常用。因此，雖然其形式不規則，但是要把常用的不規則動詞熟記，也不致於太困難。我們通常以其原式，-ed 式及-en 式之異同來分類，以便記憶。以下我們列舉比較常用的動詞，以說明這幾種不規則動詞的詞形變化（關於所有不規則動詞的細節，可參看編寫完善的字典所附之完整的不規則

動詞表)。

(a) 第一型：A-A-A 型（原式，-ed 式及-en 式皆相同）

原式	過去式(-ed)	過去分詞(-en)
bet 打賭	bet	bet
bid 出價	bid	bid
broadcast 廣播	broadcast	broadcast
burst 脹裂	burst	burst
cast 投	cast	cast
cost 值；費	cost	cost
cut 切；割	cut	cut
hit 打	hit	hit
hurt 傷害	hurt	hurt
let 讓	let	let
put 放	put	put
read [rid] 讀	read[rɛd]	read[rɛd]
set 安置	set	set
shut 關	shut	shut
spread 展開；使散開	spread	spread
thrust 刺	thrust	thrust
upset 打翻；使不安	upset	upset

(b) 第二型：A-B-A 型 （原式與-en 式相同）

become 變成	became	become
come 來	came	come
overcome 克服	overcame	overcome

run 跑；管理	ran	run

(c)　第三型：A-B-B 型（-ed 式與-en 式相同）

awake 喚醒	awoke	awoke（awaked）
behold 看	beheld	beheld
bend 彎；屈	bent/bended	bent/bended
bind 束；綑	bound	bound
bleed 流血	bled	bled
breed 養	bred	bred
bring 帶來	brought	brought
build 建造	built	built
burn 燒	burnt/burned	burnt/burned
buy 買	bought	bought
catch 捕捉	caught	caught
cleave 劈開	cleft/cloven	cleft/cloven
cling 黏住，堅持	clung	clung
creep 爬	crept	crept
deal 交易	dealt	dealt
dig 掘	dug	dug
dream 做夢	dreamed/dreamt	dreamed/dreamt
feed 餵，養	fed	fed
feel 感覺	felt	felt
fight 打，打仗	fought	fought
find 發現，找	found	found
found 設立，創設	founded	founded

flee　逃	fled	fled
fling　投，擲	flung	flung
get　得到	got	got(gotten)
grind　磨	ground	ground
hang　掛，吊，吊死	hung	hung
have(has)　有	had	had
hear　聽	heard	heard
hold　拿、握住	held	held
keep　保持	kept	kept
kneel　跪	knelt	knelt
lay　放置，產（卵）	laid	laid
lead　領導	led	led
lean 倒斜，靠	leant/leaned	leant/leaned
leap　跳，躍	leapt/leaped	leapt/leaped
learn　學習	learnt/learned	learnt/learned
leave　離開	left	left
lend　借	lent	lent
light　點燃	lighted/lit	lighted/lit
lose　遺失	lost	lost
make　做，使	made	made
mean　意謂	meant	meant
meet　遇見	met	met
pay　付款	paid	paid
picnic　郊遊，野餐	picnicked	picnicked
say　說	said	said

seek　尋求	sought	sought
sell　賣	sold	sold
send　送，寄	sent	sent
sew　縫	sewed	sewed
shine　照耀	shone	shone
shine　擦亮，使發光	shined	shined
shoot　射	shot	shot
sit　坐	sat	sat
sleep　睡	slept	slept
slide　滑動	slid	slid
smell　聞起來	smelt/smelled	smelt/smelled
speed　迅速前進	sped/speeded	sped/speeded
spell　拼寫，拼字	spelt/spelled	spelt/spelled
spend　花費，耗費	spent	spent
spill　溢出	spilt/spilled	spilt/spilled
spit　吐痰	spat	spat
stand　站	stood	stood
stick　刺，梗塞	stuck	stuck
sting　刺，螫	stung	stung
strike　打，擊	struck	struck
sweep　掃	swept	swept
swing　搖動	swung	swung
teach　教	taught	taught
tell　告訴	told	told
think　想	thought	thought

understand 明白	understood	understood
wake 醒	waked/woke	waked/woke
weep 哭、泣	wept	wept
win 獲勝	won	won
wind 捲	wound	wound
wrap 包	wrapped/wrapt	wrapped/wrapt

　　(d)　第四型　A-B-C 型（原式，-ed 及-en 式都不同）

arise 起來	arose	arisen
bear 忍受，負荷	bore	born/borne
begin 開始	began	begun
bid 命令，吩咐	bade/bid	bidden/bid
bite 咬	bit	bitten/bit
blow 吹	blew	blown
break 打破	broke	broken
choose 選擇	chose	chosen
do 做	did	done
draw 拉，描畫	drew	drawn
drink 喝	drank	drunk
drive 駕駛	drove	driven
eat 吃	ate	eaten
fall 落下	fell	fallen
fly 飛	flew	flown
forbid 禁止	forbade	forbidden
forget 忘記	forgot	forgotten/forgot

forgive 原諒	forgave	forgiven
forsake 遺棄	forsook	forsaken
freeze 結冰,凍結	froze	frozen
give 給	gave	given
go 去	went	gone
grow 生長	grew	grown
hide 躲,藏	hid	hidden/hid
know 知道	knew	known
lie 躺	lay	lain
ride 騎	rode	ridden
ring 響,鳴	rang	rung
rise 起,升起	rose	risen
saw 鋸	sawed	sawn/sawed
see 看見	saw	seen
sew 縫紉	sewed	sewn/sewed
shake 搖動	shook	shaken
show 展示	showed	shown/showed
shrink 收縮,退縮	shrank	shrunk
sing 唱	sang	sung
sink 沉	sank	sunk
slay 殺	slew	slain
speak 說	spoke	spoken
spring 跳,躍	sprang	sprung
steal 偷	stole	stolen
strive 努力	strove	striven

swear 發誓	swore	sworn
swell 腫	swelled	swollen
swim 游泳	swam	swum
take 拿	took	taken
tear 撕	tore	torn
thrive 興盛	throve	thriven
tread 踐踏	trod	trodden/trod
throw 投，擲	threw	thrown
undertake 從事	undertook	undertaken
wear 穿	wore	worn
weave 編織	wove	woven/wove
withdraw 撒回	withdrew	withdrawn
write 寫	wrote	written

(e) 第五型　　A-A-B 型(原式與-ed 式相同，但-en 式不同)

beat 打	beat	beaten

5.3　動詞組的結構　(Structure of the Verb Phrase)

在動詞分類的一節裏(5.1)，我們把動詞分成普通動詞及助動詞兩大類，而助動詞又再分為主要助動詞及情態動詞兩種。在構句的過程中，這三種動詞的功能亦有所不同。

首先，我們要知道每一個句子都必須有動詞。但是「動詞」可能是一個普通動詞，也可能是包含助動詞在內的詞組。因此對句子中的

「動詞」我們均稱之爲句子的「動詞組」(verb phrase)。如動詞組只含有一個普通動詞，我們稱之爲「簡單動詞組」(simple verb phrase)，如動詞組含有二或多字時，我們稱之爲「複合動詞組」(complex verb phrase)。例如：

1. He *worked* hard. (簡單動詞組)

2. I *saw* him. (簡單動詞組)

3. John *has gone* home. (複合動詞組)

4. They *should be working* hard. (複合動詞組)

5. The house *may have been sold*. (複合動詞組)

原則上，複合動詞組有下列四種基本形式：

A. 情態助動詞式：助動詞＋動詞原式

例如：I *must go* now. 我現在必須走。

　　　He *will come* later. 他過一會兒來。

B. 完成式： Have＋過去分詞

例如：She *has said* nothing. 她什麼都沒說。

　　　I *have finished* doing my homework. 我做完功課了。

C. 進行式：Be＋現在分詞

例如：The doctor *is examining* the patient. 醫生正在檢查病人。

　　　We were *eating dinner* when he came to our house. 他來我們家的時候，我們正在吃晚飯。

D. 被動式：Be＋過去分詞

例如：The child *was beaten*. 這個小孩被打了。

　　　The thief *was caught*. 這小偷被捉了。

當然，這四種基本形式還可以有進一步組合的可能。例如：

AB: will have come （情態助動詞＋完成式）

would have done

AC: will be doing （情態助動詞＋進行式）

must be raining

AD: may be examined （情態助動詞＋被動式）

will be done

BC: has been raining （完成式＋進行式）

have been doing

BD: has been done （完成式＋被動式）

have been sold

ABC: will have been doing （情態助動詞＋完成式＋

進行式）

may have been examining

等等

注意：完成進行式的被動形態雖然可能（參看 Quirk 等， 1985，§ 3.73， p.166 起），但非常少用，其原因可能是要避免一連使用 be being 或 been being 的拗口字串。因此，以上四種基本形式的組合中 BCD（完成進行被動式動詞組）及 ABCD（情態助動詞加完成進行被動式動詞組）是非常罕見及少用的。例如：

6. (?) Seats *have not been being won* by the Conservatives lately. 〔罕見〕近來保守黨一直都未能贏得席位。

例句 6 通常為例句 7 所取代：

7. Seats *have not been won* by the Conservatives

lately.〔參看 Quirk 等，1985，p.187〕

綜合而言，完整的動詞（組）可能是單字動詞，也可能是二或多個字所組成的動詞組。前者為簡單動詞組，後者為複合動詞組，複合動詞組的成份包括情態助動詞，完成、進行、被動等動詞形式。在主要的三種動詞分類中，情態助動詞不能單獨成為動詞組，普通動詞則可，而主要助動詞 Be、Have、Do 以本義而作普通動詞使用時，則可以單獨成為動詞組（如 He *is* a boy; I *have* two dollars; I *did* my homework 等），但當助動詞使用時（表示完成、進行等「情狀」或被動語態及疑問或否定形式），則要配合其他普通動詞使用（如 I *am coming* home; She *has just arrived*; *Do* you *like* it? 及 He *doesn't want to* buy a house 等）。（關於情態助動詞，以及動詞的完成、進行、被動等形式，參看以下與這幾點有關各章節）

《做練習上冊　習題 6》

---

❶　在一般用法中，am not 沒有署寫／讀式。但在英式英語裏，否定疑問式 Am I not?在口語中常用 Aren't I?來表示。在美式英語裏，ain't 可以表示 am not，但 ain't 一般認為不是標準的英語用法。除此之外，ain't 還可以表示 isn't、aren't、haven't、hasn't 之意。

第六章

動詞的時式

(Tenses)

6.1 時間、時式及情狀(Time、Tense、 and Aspect)

　　英語的時式對中國學生來說，是相當困難的一回事。其主要的原因是在於時間(time)、時式(tense)及情狀(aspect)這三者之間錯綜複雜的關係。時間是人所有的共同觀念，時式與情狀則是個別語言用來表示時間的文法結構。大體而言，在英語裏，時式通常(但不一定)表示動作發生的時間，而情狀則表示該動作的情形與狀態（例如：動作是否正在進行中，或是已經完成了)。當然這種說法的確是把英語文法的時式及情狀過度簡化，但對初學者而言，比較概括的觀念反而比較容易理解及記憶。英語的時式及情狀還可相互配合運用，以描述動詞動作在時間及情狀上的種種可能。英語的時式有過去式(past)、現在式(present)及將來式(future)三種 ❶，而情狀則有進行狀(progressive)、完成狀(perfect)及完成進行狀(perfect progressive)三種。而在傳統文法中，時式一詞則泛指時式與情狀的一切配合的形式。在英語中，不與情狀配合的稱爲簡單時式(simple　tense 或 simple

form)，共有三種，分別爲簡單現在式(simple present tense)、簡單
過去式(simple past tense)及簡單將來式(simple future tense)。
而時式與動詞配合則產生九種時式，分別爲現在進行式(present pro-
gressive tense)、現在完成式(present perfect tense)、現在完成進
行式(present perfect progressive tense)、過去進行式(past pro-
gressive)、過去完成式(past perfect tense)、過去完成進行式(past
perfect progressive tense)、將來進行式(future progressive
tense)、將來完成式(future perfect tense)及將來完成進行式
(future perfect progressive tense)。因此，綜合而言，英語有十二
種時式。

6.2 時式的形式(Forms of Tenses)

我們以動詞 work 及 do 爲例，把英語的十二種時式的形式舉例
如下：

簡單現在式   work/do（第三人稱單數主詞的
(simple present)   works/does）

現在進行式   am ⎫
                               are ⎬ working/doing
(present progressive)   is ⎭

現在完成式   has ⎫
                               have ⎬ worked/done
(present perfect)

| 現在完成進行式
(present perfect progressive) | $\left.\begin{matrix}\text{has}\\\text{have}\end{matrix}\right\}$ been working/doing |

| 簡單過去式
(simple past) | worked/did |

| 過去進行式
(past progressive) | $\left.\begin{matrix}\text{was}\\\text{were}\end{matrix}\right\}$ working/doing |

| 過去完成式
(past perfect) | had worked/done |

| 過去完成進行式
(past perfect progressive) | had been working/doing |

| 簡單將來式
(simple future) | $\left.\begin{matrix}\text{will}\\\text{shall}\end{matrix}\right\}$ work/do |

| 將來進行式
(future progressive) | $\left.\begin{matrix}\text{will}\\\text{shall}\end{matrix}\right\}$ be working/doing |

| 將來完成式
(future perfect) | $\left.\begin{matrix}\text{will}\\\text{shall}\end{matrix}\right\}$ have worked/done |

將來完成進行式　　　　　　　will ⎫
(future perfect progressive)　shall ⎭ have been working/doing

6.3　簡單時式的用法 (Use of the Simple Forms of the Tenses)

6.3.1　簡單現在式 (Simple Present Tenses)

簡單現在式動詞之主詞爲第三人稱單數時，在動詞原式後面加字尾 - s，主詞爲其他人稱或數目時，則使用動詞原形表示之。簡單現在式的用法如下：

(1)　簡單現在式可表示現在的情形或狀況。這種用法多用於「非動作動詞」(non-action verb)，這些非動作動詞通常沒有明顯的起始或終結的時間。(有些文法書亦稱之爲「非終結性動詞」(non-conclusive verb)。常用的例子包括：

(A)　連繫動詞 (linking verbs) be、seem、appear、look 等。

1.　His brother *seems* to be very tired.　他哥哥似乎很累。

2.　He *is* my uncle.　他是我叔叔。

3.　They *look* quite excited.　他們看來蠻興奮的。

(B)　感官動詞 (verbs of perception) feel、taste、smell、see、hear 等。

1.　This soup *tastes* good.　這湯嚐起來味道很好。

2.　The baby's skin *feels* smooth.　這嬰兒的皮膚摸起來很柔滑。

3. I *hear* him talking loudly. 我聽到他高聲說話。

4. I *see* two men sitting there. 我看見兩個男人坐在那兒。

注意：(a) 如表示現在特意地去看或聽某人或事物時，我們用 listen to 及 look at (或 watch)，而時式則用現在進行式，例如：

John *is listening to* the radio. John 正在聽收音機。

I *am looking at* Mr. Wang. 我正在看着王先生。

(b) 如 feel、taste、smell 當及物動詞使用時，要用現在進行式來表示現在的動作。例如：

Mother *is tasting* the soup. 母親正在嚐嚐湯的味道。

She *is feeling* the surface of the desk. 她正在觸摸桌面。

(C) 表示精神狀態或情況的動詞(verbs indicating mental state or condition) agree、believe、consider、guess、hesitate、imagine、know、prefer、realize、remember、suppose、think、trust、want、wish 等。

1. We *hope* that he can come. 我們希望他能來。

2. I *know* that he is happy. 我知道他快樂。

3. She *prefers* to stay at home. 她比較喜歡待在家中。

4. He *wants* you to stay here. 他想要你留下來。

(D) 表示情緒狀況的動詞(verbs expressing an emotional

state) admire、appreciate、care、like、hate、love、regret 等。

1. We all *love* our teacher. 我們都愛我們的老師。

2. She *admires* her mother. 她欽佩她的媽媽。

(E) 其他的非動作動詞如 belong、contain、depend、have、indicate、mean、need、owe、require、resemble 等。

1. She *needs* our help. 她需要我們的幫忙。

2. I *have* two sisters. 我有兩個妹妹。

注意: 表示講及說的動詞(verbs of saying) say、suggest 等,也常以簡單現在式表示現在。

1. He *says* that he doesn't like to see me. 他說他不喜歡見我。

2. I *suggest* that you come here immediately. 我建議你馬上到這兒來。

(2) 簡單現在式表示一般 (不變) 的真理。這些真理包括一些自然的規律、定理或一些社會科學的定律、法則等。這些真理過去是真,現在及將來亦然。

1. The earth *revolves* around the sun. 地球繞太陽運行。

2. The sun *rises* in the east and *sets* in the west. 太陽從東邊升起, 從西邊降下。

3. The electronic computer *is* a very important invention in human history. 電子計算機是人類歷史上一項重要的發明。

4. Young children *learn* foreign languages faster

than adults. 兒童學習外語要比成人學得快。

5. Where there *is* a will, there *is* a way. 有志者事竟成。

(3) 簡單現在式表示習慣性的動作。句中因此常有頻率副詞來修飾動詞。

1. He *goes* to school *every day*. 他每天都上學。

2. The English *often drink* tea in the afternoon. 英國人常在下午喝茶。

3. She *seldom goes* to the movies alone. 她極少獨自去看電影。

4. I *wear* my raincoat *when it rains*. 下雨時我穿雨衣。

5. He *goes* to Hong Kong *every year*. 他每年都去香港。

(4) 簡單現在式用於即時的示範、報導、宣告等語句中。

1. The race *takes* place tomorrow. 比賽明天舉行。

2. Smith *passes* the ball to Holmes…Holmes *shoots*. Smith 把球傳給 Holmes……Holmes 射球。

3. I *pick* up a piece of fruit, *dip* it into the batter, and *lower* it into the melted hot butter. 我拿起一片菓子，沾了麵糊，再放入溶化了的熱牛油中。

(5) 簡單現在式可以表示將來的動作或行動。

(A) 類似 come、go、leave for、arrive、depart 等動詞與表示將來的詞語連用時, 現在式可表示將來的意思。

    1.   The ship *leaves for* Alaska *tomorrow*.   船明天開赴阿拉斯加。

    2.   I *go* to New York *on Sunday*.   星期天我會到紐約去。

(B) 在時間子句及條件子句中, 簡單現在式可以表示將來的語意。

    1.   We will do it if you *pay* us.   你付錢的話, 我們就會做這事。

    2.   She will take a vacation in the U. S. after she *graduates* from college.   她大學畢業以後將會到美國去渡假。

    3.   I'll call you when he *arrives*.   他到了我就通知你。

(C) 事先安排好的事情的宣佈 (見上面第(4)節)。

    1.   The boat race *takes* place next Sunday.   船賽下星期天舉行。

(6)   簡單現在式可用來報導歷史事實 (亦稱為「歷史現在式」historic present), 或敍述故事。

    1.   The king *comes* out of the palace, *addresses the people, and asks* them to stand behind him.   國王走出皇宮, 對群衆講話, 並要求他們支持他。

6.3.2   簡單過去式 (Simple Past Tenses)

簡單過去式以動詞的過去形式 (規則動詞加詞尾-ed; 不規則動

詞則按不同動詞而定）構成，其主要用法如下：

（1）簡單過去式表示在過去某一時間發生的動作或情況。通常會與明確的時間副詞一起使用。

1.　She *saw* me yesterday.　她昨天看見我。

2.　Confucius *died* in 479 B. C.　孔子死於公元前 479 年。

3.　He *left* two hours ago.　他兩個鐘頭前離開。

注意：有時句子中雖然沒有提到過去的時間，但動作很清楚地是在過去某一時間發生，我們也用簡單過去式（問句亦然）。

4.　Tom *was* half an hour late.　Tom 遲到半小時。

5.　When *did* he *leave*?　他什麼時候離開？

6.　How *did* she *make* this cake?　她是怎樣做這蛋糕的？

7.　I *bought* this bicycle in Taipei.　我在臺北買了這輛腳踏車。

（2）簡單過去式表示在過去某一段時間的動作或行為。

1.　She *lived* in Tainan for twenty years and then she *decided* to move to Taipei.　她在臺南住了 20 年然後決定搬到臺北去。

2.　He *studied* at Harvard University from 1976 to 1978.　他在 1976 至 1978 年間在哈佛大學唸書。

3.　In the 15th century, people *believed* that the earth was flat.　十五世紀時，人們相信地球是平的。

(3) 簡單過去式可表示過去的習慣或重覆發生的動作。句子中因此常有頻率副詞修飾動詞。

1. It *rained* quite *frequently* in December last year.
    去年十二月裏經常下雨。

2. When I was a child, I *went* swimming *every day*.
    小時候我每天游泳。

3. We *got up* early *every morning* all through the
    winter.　整個冬天我們每天都早起。

過去的習慣或重覆發生的動作也可以用 used to＋動詞來表示。

4. It *used to rain* frequently here last year.　這兒去
    年經常下雨。

5. When she was young, she *used to go* swimming
    every day.　她小時候每天都游泳。

6. We *used to get up* early every morning all
    through the winter.　整個冬天我們每天都早起。

(4) 簡單過去式可用於表示假設的 if 子句，以及在 wish 後面的
that 子句中。但這種用法中的過去動詞並不是眞的過去動作。

1. If I *studied* hard now, I would pass the exam.
    如果我現在用功唸書，我考試就會及格。

2. He wishes that he *were* rich.　他希望他有錢。

(5) 主要子句的動詞如爲過去式，特別是報導動詞(reporting verb
如 say)，從屬子句中的動詞也常用過去式。

1. I *said* I *had* no money.　我說我沒錢。

2.　I *knew* that you *were* Tom Harrison.　我知道你就

　　是 Tom Harrison.

　　注意：上述例句中 had 與 were 也可用現在式。I said I have
no money. /I knew that you are Tom Harrison.（參看 Quirk
等 1985，§4.16，頁 187 起。）

(6)　簡單過去式用於某些表示意願及精神狀態的動詞時，可反映出
說話者當時的心情，而且比現在式動詞更禮貌些。(這種用法亦稱爲「表
示態度的過去式」attitudinal past)

　　1. a.　Did you want to come in now?

　　　 b.　Do you want to come in now?

　　　　　你現在想要進來嗎？

　　2. a.　I wondered if you could help me.

　　　 b.　I wonder if you can help me.

　　　　　我不知道你能否幫忙我。

　　以上兩例子中，a 與 b 兩種說法的語意相同，但1. a 及2. a 要比
1. b 及2. b 聽起來更客氣及禮貌。

6.3.3　簡單將來式　(Simple Future Tenses)

　　簡單將來時式是以 will/shall＋動詞原式構成。因爲將來時式要
以情態助動詞構成，其語意除了「將來」以外，往往還帶有其他的含
意(如承諾、意向、願意、決心、猜測等等)。所以有不少文法學者認
爲英文沒有純粹的將來時式。但是，我們還是按照一般習慣，介紹英
語中表示未來動作的將來時式。

另外, 傳統文法書中認爲第一人稱用 shall, 第二、三人稱用 will, 但這規則在現代英語 (特別是美式英語) 中, 並不很正確。在美式英語, 特別是在非正式用法裏, 無論甚麼人稱都可用 will。英式英語中 shall 的用法也不很廣泛, 大多用於比較正式用語及場合裏, 在口語中, 也不常用。同時, 以往所說 shall 用於第二、三人稱, 及 will 用於第一人稱時, 表示決心, 但是, 在今日英語裏, 並不如此, 像邱吉爾在講說中就說過"…We *shall* defend our island…, we *shall* fight on the beaches, we *shall* fight on the landing grounds, …"這些句子中的 shall 都代表決心, 不是用 will。

一般說來, 簡單將來式的用法如下:

(1) 簡單將來式表示將來的動作、行爲或情況。

1. He *will be* sixteen next month. 下個月他就十六歲了。

2. They *will be* here tomorrow. 明天他們會到這裏來。

3. Don't worry. I *won't lose* my way. 別擔心。我不會迷路的。

4. She*'ll go* to New York next week. 下週她會到紐約去。

5. We *will know* the outcome tomorrow. 明天我們就會知道結果了。

以上例句中, 除了「將來」之意思以外, 並不表示主詞本身的意向, 決心或猜測等其他語意。

(2) 簡單將來式可以表示說話者的看法、假設、猜測。說話者可能

是句子的主詞，也可能不是。

1. They *will* probably *arrive* on time. 他們可能準時
   到達。

2. (I believe) she *will be* capable of doing this job
   well. （我相信）她會把這工作做好的。

3. Perhaps I *will see* her at the party. 也許我會在聚
   會中看到她。

(3) 簡單將來式可表示動詞主詞的意向。

1. I *will see* you tomorrow. 我打算明天見你。

2. Mary *will do* the work herself. Mary 打算親自去
   做這工作。

(4) 簡單將來式可表示將來的習慣動作或經常會發生的行動。

1. Summer *will come* again. 夏天會再來。

2. People *will come* to the city to find better jobs.
   人總是會到城裏來找更好的工作。

3. She *will visit* us every year. 她每年都會來探望我
   們。

(5) 簡單將來式用於含有條件子句或時間子句的主要子句中。

1. I *will let* you know if I need your help. 如果我需
   要你幫忙的話，我會告訴你。

2. He *will be* very happy when he receives his pres-
   ent. 當他收到禮物時，他會很高興。

3. If he is late, we'***ll not wait*** for him. 如果他遲到的話，我們不會等他。

(6) 簡單將來式用於報紙上的報導、天氣報告、及將來計劃的正式公布。

1. It ***will be*** cloudy for the next three days. 往後三天會有雲。

2. The mayor ***will open*** the new museum tomorrow. 市長明天將主持新博物館的開幕。

(7) be going to＋V 常可表示簡單將來式，特別是上面(1)、(3)之用法❷。

1. She'***s going to go*** to New York next week.

2. I ***am going to see*** you tomorrow.

3. Mary ***is going to do*** the work herself.

(8) shall 在現代英語中，除表示決心 (如上述邱吉爾演講之例句) 以外，常用於下列情形中：

1. 提出建議：***Shall*** we ***take*** a cab? 我們坐計程車好嗎？

2. 用於 let's 後面的附加短問句：Let's go, ***shall*** we? 我們走吧，好嗎？

3. 請求給予指示或命令：What ***shall*** I ***do*** with this do-it-yourself kit? 我該如何處置這個「自己動手做」的工具箱？

《做練習上冊　習題 7》

6.4　進行時式的用法　(Uses of the Progressive Tenses)

6.4.1　現在進行式 (Present Progressive Tense)

現在進行時式以 am/are/is＋V-ing 構成，其主要用法如下：

(1) 表示在現在正在做（進行中）的動作。

1. The wind *is blowing* outside.　外面正在颳風。

2. I *am wearing* a wool sweater because it is cold.
   因為天氣冷，我穿着一件毛衣。

3. What *are* you *doing* here?　你在這兒幹什麼？

4. Why *are* you *tearing up* those papers?　你為什麼在把那些文件撕掉？

5. He *is sitting* at his desk and *writing* a letter now.　他正坐在桌子前寫信。

6. He *is fixing* the air conditioner now.　他現在正在修理那部冷氣機。

(2) 現在進行式表示一個正在進行中但屬於暫時性質的動作。這種用法表示的「現在」是廣義的「現在」，亦即在說話當時不一定正在做這動作。例如：

1. I *am reading* Dickens' *A Tale of Two Cities.*
   我現在正在讀迪更斯的雙城記。(這句可以表示在說話當時
   正在讀;也可以表示這是我目前一段時間中所做的一件
   事,而在說話當時並不一定在做閱讀這個動作。這是所謂
   「廣義的現在」。)

2. I *am teaching* biochemistry this semester. 這學期
   我教生物化學。(說話當時我可不一定是正在做「教書」這
   個動作;而且下學期我可能教別的課。)

3. This charity organization *is serving* free dinners
   to the poor from Monday to Wednesday next
   week. 這慈善機構從下週一至週三免費供應晚餐給窮
   人。

(3) 現在進行式可表示預先安排好而很快就要進行的事或行動,這
種表示將來的用法常與表示將來的時間副詞連用。

1. I've made the reservations. We *are eating* at that
   French restaurant tonight. 我已經訂好位了,我們今
   晚上那家法國餐廳吃飯。

2. I *am meeting* Mr. Smith tomorrow. 我明天會見
   Smith 先生。

3. He *is giving* a lecture next Tuesday. 下星期二他
   要演講。

6.4.2 通常不用於進行時式的動詞 （Verbs Not Normally Used in the Progressive Tenses）

進行時式（無論現在、過去或將來）主要用於動作動詞。因此，在 6.3.1 (1)中所列出之非動作動詞通常不用進行時式。如果要表示現在時，用簡單現在式。這類動詞包括：

(1) 連繫動詞 be、seem、appear、look 等。（例句參看 6.3.1 (1)、(A)）

(2) 感官動詞 feel、taste、smell、see、hear 等。（例句參看 6.3.1 (1)、(B)）

(3) 表示精神狀態或情況的動詞 agree、assume、believe、consider、guess、hesitate、expect、imagine、know、prefer、realize、remember、suppose、think、trust、understand、want、wish 等。（例句參看 6.3.1 (1)、(C)）

(4) 表示情緒狀況的動詞 admire、appreciate、care、desire、dislike、fear、hate、like、love、mind、regret 等。（例句參看 6.3.1 (1)、(D)）

(5) 其他動詞如助動詞 be、have、belong、owe、own、contain、depend、mean、need、require、resemble、possess 等。（例句參看 6.3.1 (1)、(E)）

上述這些動詞通常不用進行時式。因此，當其中有部分用於進行式時，表示特意的動作，其意思與這些非動作動詞的原意不同。例如：

(1) see 表示「看見」（感官功能）時不能用進行式，但表示「接見」、「會見」、「面談」時則可：

The manager *is seeing* the applicants tomorrow.　經理明天要與申請人見面（面談）。

(2)　hear 表示「聽見」（感官功能）時不能用進行式，但表示正式的聆聽如法庭聽取證詞時則可：

The court *is hearing* evidence next Monday.　法庭下週一聽取證詞。

又：hear 如表示「收到信息」之意時，可用現在完成進行式或將來進行式。

I*'ve been hearing* about your success lately.　我最近一直都聽到有關你成功的消息。

I hope I*'ll be hearing* from you soon.　我希望很快會收到你來信。

(3) feel 表示「感覺」「感覺起來」（感官功能）時不能用進行式，但表示「觸摸」時則可：

She *is feeling* for the door knob in the dark.　她在黑暗中用手去探摸門的把手。

He *is feeling* the surface of the desk.　他正在用手觸摸桌子的表面。

(4)　taste 表示東西的味道「嚐起來」（感官功能）時，不能用進行式，但表示某人「嚐試味道」時則可：

Mother *is tasting* the soup.　媽媽正在嚐嚐湯的味道。

(5)　smell 表示東西的氣味「聞起來」如何（感官功能）時，不能用進行式，但表示某人去「聞」某些東西的氣味時則可：

Why *are* you *smelling* the soup? *Does* it *smell* good?　你爲什麼要聞一聞這湯呢？聞起來還好吧？

(6) look 表示「看起來」如何（連繫動詞）時，不能用進行式，但 look 與介（副）詞合用表示特意的動作時（如 look at、look for、look into 等）則可用進行式：

I *am looking* at her. 我正在看着她。

He *is looking for* a new job. 他正在找一份新的工作。

(7) think 表示「認爲」（表示說話者的意見，屬於精神狀態）時，不用進行，但表示「想」時則可。試比較：

I *think* you are right. 我認爲你是對的。（不能說*I am thinking that you are right.）

但是 What *are* you *thinking* about? 你正在想什麼？

6.4.3 過去進行時式 （Past Progressive Tense）

過去進行式以 was/were＋V-ing 構成，其主要用法如下：

(1) 過去進行式表示在過去某時間正在進行的動作。通常含有表示過去時間的副詞。

1. He *was having* breakfast at six this morning. 他今天早上六點的時候正在吃早飯。

2. She *was writing* a letter at noon. 她中午的時候正在寫信。

動作開始通常在時間副詞所指之時間之前而結束於其後，亦卽是說，在時間副詞所指的時間該動作正在進行之中。如例句 1，他在六點前開始吃，六點後才吃完。如時間副詞明顯的指出一段時間，其語意則更爲清楚。

3. She *was writing* letters all Sunday morning. 她

星期天整個早上都在寫信。

(2)　過去進行式表示在過去某一個動作（用簡單過去式表示）發生時，另一動作（用進行式表示）正在進行之中。用簡單式動詞表示的動作通常比較短暫。

1.　When I arrived, they **were having** dinner.　我到達時他們正在吃晚飯。

2.　She **was clearing** the table when the telephone rang.　電話鈴響時她正在清理檯子。

3.　While（或 As）I **was writing** a letter, I heard a knock at the door.　當我在寫信時我聽見敲門聲。

注意：(a)　進行式動詞可以用於主要子句（如例1，2）中，也可用於從屬子句（如例3）中。

(b)　雖然有些文法書說 when 用於簡單時式而 while(as) 用於進行式，但這不是絕對的，有時候 when 也可以用於進行式。例如：When I was crossing the street, I saw an accident.

(c)　如兩個動作同時在進行中，連接詞用 while。

　　　While I **was watching** television, my wife **was listening** to the radio.　當我在看電視時，我太太在聽收音機。

(3)　過去進行式動詞如沒有表示過去時間的副詞來修飾時，可以表示逐漸發展的情況。

1.　It **was getting** darker.　天色愈來愈黑了。

2. He *was getting* weaker. 他愈來愈弱了。

6.4.4 將來進行式 (Future Progressive Tense)

將來進行式以 will/shall＋be＋V-ing 構成。其主要用法如下：

(1) 將來進行式表示在將來某一段或某一點時間將要進行的動作。

1. I *will be working* on our new project for a long time. 我有好一陣子將會從事我們的新計劃。

2. He *will be helping* us tomorrow. 明天他將會幫我們。

3. A: What *will* you *be doing* at six tomorrow morning? 明天上午六點你將會在做什麼？

    B: I *'ll be having* my breakfast. 我會正在吃早飯。

4. I *'ll be looking for* a job this time next year. 明年這個時候我會在找工作。

(2) 將來進行式常與類似 soon 的時間副詞共用，表示很快就要進行之動作。

1. I *'ll be working* on the new project soon. 我很快就會從事這個新計劃。

2. Very soon we *will be writing* to you. 我們很快就會寫信給你。

《做練習上冊，習題 8》

6.5　完成時式的用法　(Uses of the Perfect Tenses)

6.5.1　現在完成時式　(Present Perfect Tense)

現在完成式以 have/has＋V-en（過去分詞）構成, 從其用法來看, 現在完成式可說是現在與過去的混合體。其主要用法如下：

(1)　現在完成式表示剛完成的動作。通常與副詞 just 共用。

1.　She *has* just *left*.　她剛離開。

2.　We *have* just *finished* writing our report.　我們剛寫完我們的報告。

注意：(a)　just 置於 has/have 及 V-en 之間。

(b)　yet 用於否定句與問句。例如：She has not *yet* left./Has she left *yet*?　有時候問句也可用 just, 如 Has she just left?但這種說法比較不常用。

(c)　副詞 already 也可與現在完成式共用, 如 She has already left.

(d)　just now 的意思是「不久以前」(a moment ago), 因此不能與現在完成式共用,只能與簡單過去式共用。

(2)　現在完成式表示最近才完成但現在仍然有效果的動作，而做該動作的時間在句子中並沒有明確的表示。

1.　I *have not had* my breakfast.　我還沒吃早飯。

2.　I *have read* your note.　我已經看過你的便條了。

3.　*Have* you *seen* my stapler?　你有沒有看見我的訂書機?

　　Yes, I have. I saw it on you desk just now.　有啊。剛才我看到它在桌上。

4.　He *has washed* his car and it looks very nice.　他已經洗過他的車子，車子現在看起來很不錯了。

5.　A: The elevator *bas broken* down.　電梯壞了。

　　B: Well, then we have to use the stairs.　那我們只好走樓梯了。

注意: 因為現在完成式這種用法其動作時間並不確定，因此，表示明確的過去某一點時間的副詞如 last Sunday、yesterday、three minutes ago、at ten o'clock 等等不可以與現在完成式一併使用。但表示一段時間的副詞及並不明確表示某一點時間的副詞如 recently、lately、before、for two months、so far、up to now 等則可與現在完成式合用。

(3)　現在完成式表示一個在過去開始，並延續了一段時間，到說話時剛完成或仍有效的動作。通常與表示一段時間的副詞共用。

1.　It *has been* very hot lately but it's getting cooler now.　最近一直都很熱，但現在比較涼快了。

2.　He *has remained* calm during the whole crisis.

在整個危機中，他一直都保持鎮靜。

3. I *have lived* in New York for three years. 我在紐約已經住了三年。

4. She *has not felt* well since she had a cold last week. 自從上星期她感冒以來，她就一直不舒服。

5. I *have smoked* since 1970. 打從 1970 年以來我就抽菸了。

6. We *have finished* reading two chapters so far. 到目前為止，我們唸完了兩章。

7. She *has waited for* him all day. 她等他等了一整天。

8. He *has* always *been* nice to us. 他一向對我們都不錯。

(4) 現在完成式表示說話者的經驗，通常句中也沒有表示明確過去時間的副詞。但類似 ever、never、often、occasionally、several times 等頻率副詞則常用來修飾動詞。

1. *Have* you ever *seen* a ghost? 你見過鬼嗎?

2. I *have* never *seen* a real kangaroo. 我從來沒有見過真的袋鼠。

3. He *has been* to Florence several times. 他到過佛羅倫斯好幾次。

4. I *have* often *seen* wolves in that forest. 我曾經常常在那片樹林裏看見過狼。

(5)　有關現在完成式與簡單過去式的幾點應注意事項。

(A)　現在完成式與簡單過去式動作的起始都在過去。但兩者之不同在於現在完成式動作的起始時間不明確但其動作常具有現在的效果；簡單過去式的動作起始時間通常明確（或已知），而動作通常（但不一定）沒有現在效果。因此，如果電梯壞了，而且在說話當時仍未修好的話，我們會說：

　　The elevator **has broken** down.　（有現在效果）

但如果有人說 The elevator broke down，就不一定有現在效果了，電梯現在可能已經修好。同理，He has washed his car 暗示車子在說話的當時還是很乾淨，但 He washed his car 則沒有這種含義，車子可能又再弄髒了。

(B)　因為(A)之特性，因此如果句子中有明確表示過去某點時間的副詞時，不能用現在完成式，只能用簡單過去式，因為現在完成式動作的起始點並不清楚。因此，*I have seen him last week 是錯的說法，只能說 I saw him last week.

(C)　for 與 since

　　「since＋某點時間」只與現在完成式共用。一般說來「for＋一段時間」通常與現在完成式共用，但如果確知動作沒有現在效果時，「for＋一段時間」也可以與簡單過去式共用。

1.　I **have studied** English since I was a child.　我從小就學英文。

2.　I **have lived** here for ten years.　我在此地已經住了十年了。（現在仍住在這兒）

3. I *lived* here for ten years. 我在此地住過十年。(現在已經不住在這兒了)

4. He *has been* in the army for 3 years. 他在部隊已經三年了。(現在還在部隊裏)

5. He *was* in the army for 3 years. 他在部隊裏待過三年。(現在已經退伍了)

6.5.2 過去完成式 (Past Perfect Tense)

過去完成式以 had + V-en 構成，其主要的用法如下：

過去完成式表示一個發生於過去某一時間（以時間副詞表示）或過去某一動作(以簡單過去式表示)之前的動作。也就是所謂"past in the past"（過去中的過去）之意。過去進行式最常用的用法是與簡單過去式配合使用，以簡單過去式表示過去某個時間的動作，而過去完成式則表示更早先的動作。

1. They *had* just *stepped* into the house when it *began* to rain. 他們剛進門就下起雨來。

2. She *told* me that Tom *had decided* to go to college. 她告訴我 Tom 已經決定唸大學了。

3. After I *had handed* in my homework, I *felt* relaxed. 我繳交作業以後，覺得很輕鬆。

4. No sooner *had* I *spoken* than I *realized* my mistakes. 我一說完就察覺自己的錯誤。

5. He *was* worried about what I *had* just *told* him. 對於我剛告訴他的事，他覺得擔心。

6. We *were* not able to help her because she *had*

not told us the truth.　我們沒辦法幫助她因為她沒有把真相告訴我們。

7. He *said* that he *had left* his keys at home.　他說他把鑰匙留在家裏。

8. He *had waited* for her for two hours by noon yesterday.　昨天到中午為止他已經等她等了兩個小時。

9. He *had been* a captain in the army for 10 years by 1980.　到 1980 年為止他當了十年陸軍上尉。（從現在回顧，他當上尉的時間要比過去的時間〔1980 年〕更過去。）

注意：(a)　連接詞 after 及 before 因為明顯的說出動作的先後，因此在非正式的用法中可以用簡單過去式代替過去完成式。例如：

　　　　After I handed in my homework, I felt relaxed.

(b)　以 when 來連接兩子句時，過去完成式強調一個動作做完之後，另一動作才開始，例如：

　　　　When she had spoken, she sat down.　她說完之後，就坐下來。

(c)　如果一連串過去動作依序發生，通常用簡單過去式。例如：

　　　　He *got up* at six, *ate* his breakfast, and *went* to school.　他六點起床，吃過早飯，然後上學去。

6.5.3　將來完成式　(Future Perfect Tense)

將來完成進行式以 will/shall＋have＋V-en 構成。將來完成式

主要表示一個在將來某一時間之前將會發生的動作。亦卽所謂 "future before future" (「在將來之前的將來」時間)。

1. By the end of next month he **will have lived** here for two years. 到了下月底他將會在此地住滿兩年了。

2. When she retires from her work, she **will heve made** several million dollars. 到她退休時, 她將會賺到好幾百萬元了。

3. By the end of this semester, we **will have finished** studying the whole book. 到本學期結束時, 我們將會唸完這本書了。

4. Before the vacation is over, we **will have spent** all our money. 在假期結束以前我們將會把錢都花光。

6.6 完成進行時式的用法 (Use of the Perfect Progressive Tenses)

6.6.1 現在完成進行式 (Present Perfect Progressive)

現在完成進行式以 have/has＋been＋V-ing 構成。其主要用法是表示一直繼續到現在的動作。基本上, 現在完成進行式與現在完成式很相似, 只是現在完成進行式強調動作之持續不斷。並常與表示一段時間的副詞共用, 動詞的詞性也多含有「延續性」語意, 如 stay、wait、live 等。

1.　He *has been watching* TV since seven o'clock.
從七點鐘開始他一直在看電視。

2.　I *have been waiting for* an hour and she still hasn't come.　我一直等了一個鐘頭而她還沒有來。

3.　She *'s been living* in the United States since March.　自從三月開始她就一直住在美國。

4.　How long *have* you *been learning* English?　你學英文學了多久?

5.　He *has been working* here for five years.　他在此地一直工作了五年。

注意: 雖然說現在完成進行式與現在完成式很相似, 但有時候, 特別是對於沒有時間副詞修飾的個別動作而言, 這兩種時式是有點差異的。例如:

He has polished the car.　他已經擦過車子了。(擦車子的動作已經做完)

He has been polishing the car.　他一直在擦車子。(可能現在還在擦)

6.6.2　過去完成進行式　(Past Perfect Progressive)

過去完成進行式以 had＋been＋V-ing 構成。其用法與過去完成式很相似, 但比較強調動作的持續不斷的性質。

1.　The doctor told him to take a few days off because he *had been working* very hard.　因為他一直在用功做事, 醫生吩咐他休假幾天。

2.　He *had been working* on his own farm for five

years before he came to work for us.　在他來爲我們
做事以前，他一直在他自己的農場上工作了五年。

注意：過去完成進行式與過去完成式也有類似 6.6.1 節注意事項
中所提到的差異。因此：

He **had fixed** the radio when the phone rang.　電話鈴
響時他已經把收音機修好了。（修理動作已完成）

He **had been fixing** the radio when the phone rang.
（修理動作可能還沒有完成；當時他可能還在修）

6.6.3　將來完成進行式　（Future Perfect Progressive）

將來完成進行式以 will/shall＋have＋been＋V-ing 構成，其用
法與將來完成式相似，但強調動作的持續不斷性質。

1.　By the end of the this semester he **will have been teaching** English for thirty years. 到本學期結束的時候，他將會一直不斷地教了三十年的英文了。

2.　By the end of the year I **will have been climbing** mountains for ten years.　到年底時，我將會一直不斷地爬了十年的山了。

注意：如果動作不是持續的，例如把例句 2 之動作分開（不是爬了十年，而是爬了三十座山的話），則得用將來完成式。

3.　By the end of the year I **will have climbed** 30 mountains.　到年底時，我將會爬了三十座山了。

6.7　再談時間與時式(Time and Tenses Revisited)

　　討論過十二種時式的用法之後，我們可明白時間與時式並非是一對一的關係。從 6.6.的說明中，我們可以綜合出以下簡單的看法：

時間	時式
表示現在或與現在有關的時式有：	簡單現在式、現在進行式。
表示過去或與過去有關的時式有：	簡單過去式、過去進行式、過去完成式、過去完成進行式、現在完成式、現在完成進行式。
表示將來或與將來有關的時式有：	簡單將來式、將來進行式、將來完成式、將來完成進行式、簡單現在式、現在進行式、be going to＋V 形式

　　另外，特別用途的時式包括：1.簡單現在式表示一般的眞理、歷史及故事的敍述(historical present；參看 6.3.1.(6))；2.簡單過去式表示說話者現在的態度(attitudinal past；參看 6.3.2.(6))。

《做練習上冊，練習 9 》

6.8　動詞變化拼寫應注意事項(Some Rules for the Spelling of Verbs)

　　動詞從簡單式加詞尾-ing 變成現在分詞，或是加-ed 變成過去式及過去分詞時，在拼寫上有些應注意的事項。這些規則（尤其是加-ed 時）大多數是指規則動詞而言。但加-ing 時的拼寫規則對不規動詞而言，亦是適用的。至於不規則動詞的過去式及過去分詞，則只有查閱或熟記不規則動詞表一途了。以下把重要的規則列舉出來，通常同一規則往往同時適用於加-ed 及加-ing 的形式：

(1)　大部分動詞加-ed 及-ing 時不需要作拼寫上的變化：

原式	過去式	過去分詞	現在分詞
act	acted	acted	acting
ask	asked	asked	asking
borrow	borrowed	borrowed	borrowing
cook	cooked	cooked	cooking
wash	washed	washed	washing

(2)　動詞字尾爲 e 字母，則過去式及過去分詞只加 d；而 e 如果不發音，現在分詞在加 ing 前要把 e 刪除。

like	liked	liked	liking
love	loved	loved	loving
believe	believed	believed	believing
receive	received	received	receiving
(come	came	come	coming)

　　但注意：(a)如字尾爲 ee 或 ye，現在分詞只加-ing，不把 e 去掉。

agree	agreed	agreed	agreeing
(see	saw	seen	seeing)

　　　　　(b)如字尾爲 ie，現在分詞則將 ie 改爲 y，再加 ing。

die	died	died	dying
lie	lied	lied	lying
tie	tied	tied	tying

(3)　字尾為"子音＋y"，則把 y 改成 i 再加-ed；現在分詞則直接加-ing，y 不改變。

cry	cried	cried	crying
study	studied	studied	studying
try	tried	tried	trying

(4)　字尾為"母音＋y"者，則直接加-ed 及-ing。

play	played	played	playing
enjoy	enjoyed	enjoyed	enjoying
stay	stayed	stayed	staying
delay	delayed	delayed	delaying

(5)　單音節動詞如字尾是單子音而前面是單母音字母（唸起來發所謂短母音）者，要重寫最後子音再加-ed 或-ing。另一種描述方式是：如單音節動詞的音節形態是(C)(C) CVC〔C 代表子音，V 代表母音，括號中的項目代表可有可無的項目〕，則要重寫最後之 C 再加字尾。

beg	begged	begged	begging
drop	dropped	dropped	dropping
stop	stopped	stopped	stopping
rob	robbed	robbed	robbing
strap	strapped	strapped	strapping

strip	stripped	stripped	stripping

(6) 雙音節動詞如重音在第二音節，而第二音節的結構與(5)相同時，則重寫最後一子音再加-ed 或-ing。

admit	admitted	admitted	admitting
control	controlled	controlled	controlling
occur	occurred	occurred	occurring
permit	permitted	permitted	permitting
refer	referred	referred	referring
prefer	preferred	preferred	preferring

但注意：有些動詞英式英語與美式英語的拼法不同。

travel	（英）	travelled	travelled	travelling
	（美）	traveled	traveled	traveling
worship	（英）	worshipped	worshipped	worshipping
	（美）	worshiped	worshiped	worshiping

《做練習上冊，練習 10》

---

❶ 有些文法學者認爲現代英語只有現在與過去兩種時式（參看 Quirk 等, 1985，及 Thomson 與 Martinet, 1986）。但本書以實用爲取向，學理的探究並非重點。因此我們仍採取一般習慣的看法。認爲英語有過去、現在、將來三種時式。

❷ 如在說話當時說話者因爲當時情況或其他因素顯示，對將會發生之事情感到確定（亦卽相信這事十分可能發生）時，通常用 be going to＋V 而不用 will＋V。例如：

There are many black clouds. I think it's going to rain. （不用 it will rain）

I feel very dizzy. I think I am going to be sick. （不用 I will be sick.）

第七章

時式的關聯
(Sequence of Tenses)

7.1 時式的關聯 (Sequence of Tenses)

　　簡單句子沒有時式的關聯問題，因為句中只有一個動詞。但是如果句中含有從屬子句時，從屬子句以及主要子句中的動詞的時式，常有一些通則，配合使用。這就是時式的關聯（或連用）問題。以下各例句都含有從屬子句(subordinate clause，斜體部分）及主要子句(main clause,非斜體部分)：

1. He thinks *that she will come.* 他認為她會來。

2. I knew *that he was wrong.* 我知道他錯了。

3. She didn't leave *until her teacher arrived.* 在她老師到達以前她沒有離開。

4. I will go swimming *if it doesn't rain.* 不下雨的話，我會去游泳。

5. He will see you *when you come here.* 你來到這兒時，他會見你。

6. This is the book *that I bought yesterday.* 這是

我昨天買的書。

7. He was angry *because I had said nothing.*　他因為我不哼一聲而生氣。

從上面句子看來，我們可察覺到，主要子句動詞的時式，並不是永遠與從屬子句的完全一樣。我們不要以為主要子句的動詞是現在式，從屬子句的動詞就非現在式不可。以下為了方便起見，我們只把時間副詞子句及名詞子句與其主要子句之時式關聯加以討論，因為這兩種子句在時式關聯的問題上具有代表性。

7.2　時間副詞子句　(Adverb Clauses of Time)

7.2.1

一般說來，時間子句的時式視主要子句的時式而定。主要子句如用現在時式，時間子句（從屬子句）亦用現在時式；如主要子句用過去時式，時間子句亦用過去時式（注意：此處所謂現在或過去時式為廣義的說法，即包括簡單、進行、完成等分類）。例如❶:

1. I always *listen* to the morning news before I *eat* my breakfast.　我總是先聽早上的新聞才吃早飯。（主要子句簡單現在，時間子句簡單現在）

2. I usually *read* the morning newspaper while I *am eating* my breakfast.　我通常一邊吃早飯一邊看報。（主要子句簡單現在，時間子句現在進行）

3. He *didn't say* anything when she *told* him the

truth.　她把真相告訴他的時候，他什麼話也沒有說。（主要子句簡單過去式，時間子句簡單過去式）

4. We *were eating* dinner when he *came* to our house.　他來我們家的時候我們正在吃飯。（主要子句過去進行式，時間子句簡單過去式）

5. We *had* already *finished* doing our homework when he *called*.　他打電話來的時候我們早已做完功課了。（主要子句過去完成式，時間子句簡單過去式）

7.2.2

然而，當主要子句是將來時式時，時間子句則用現在時式（此種時式關聯亦用於 if—子句）。

1. I *will tell* him when I *see* him.　我看到他的時候就會告訴他。（主要子句將來式，時間子句簡單現在式）

2. We *will discuss* our plan for the summer vacation when we *are eating* our dinner.　我們吃晚飯時將會討論我們暑假的計劃。（主要子句將來式，時間子句現在進行式）

3. She *will come* here when he *has finished* washing the dishes.　她洗完碗盤之後會來這兒的。（主要子句將來式，時間子句現在完成式）

注意：when 子句如為名詞子句時，不受這種時式關聯的限制。試比較：

4. Will she let me know when she arrives?　她會在她到達時通知我嗎？（時間子句）

5. Will she let me know when she will arrive? 她會告
   訴我，她何時到達嗎？(亦即把她到達的日期告訴我；名詞
   子句)

7.3 名詞子句 (Noun Clauses)

含有 say、think、believe、know 等動詞的主要子句，常帶有名
詞子句作其受詞。其時式關聯的通則如下：

(1) 如主要子句的動詞 (say、think 等) 為現在時式，名詞子句的時
式則可以視實際情況而選用任何一種時式。例如：

1. I *know* (that) you *were* absent yesterday. 我知道
   你昨天缺席。

2. I *think* (that) he *has* already *done* his homework.
   我想他早已做好功課了。

3. I *believe* (that) you *will be* very happy there. 我
   相信你在那兒將會很快樂。

(2) 如主要子句的動詞 (say、think 等) 為過去式，名詞子句的時式
通常亦為過去式。例如：

4. He *said* (that) he *hated dogs.* 他說他討厭狗。

5. She *told* me (that) she *had* already *eaten* her
   dinner. 她告訴我她早已經吃完晚飯了。

6. They *said* (that) they *would leave* for Hong
   Kong on Sunday. 他們說他們會在星期天出發到香港

去。

7. He *said* (that) he *was going to see* you that evening.　他說他那天晚上要見你。

《做練習上册　習題 11》

---

❶ since（作「自從……以來」解釋）所引起的時間子句如爲簡單過去式，而主要子句的動作含有「現在效果」時，主要子句用現在完成式。例如：

He has not said a word since he came in.

第八章

被動語態
(The Passive Voice)

8.1　語態與被動語態　(Voice and the Passive Voice)

英語的語態是文法結構方式之一。利用兩種不同的語態——主動與被動——我們可以對句子的動作以兩種不同的方式表達出來，而句子中所描述的事實則不變。試看下面例句：

1. Tom hit Peter.　（主動）湯姆打了彼得。
2. Peter was hit by Tom.　（被動）彼得被湯姆打了。

例句 1 以主動語態表示，例句 2 以被動語態表示。1 與 2 之間有很多地方不同。結構上，Tom 在句 1 中是主詞，但在句 2 則變成介詞 by 的受詞，Peter 在句 1 中是動詞的受詞，但在句 2 則作了主詞，動詞 hit 本身也從主動式 hit 變成被動式 was hit。意思上，句 1 重點在 Tom 及 Tom 所做之事(打 Peter)，但句 2 之重點則在 Peter，以及發生在 Peter 身上之事（被 Tom 打了）。然而，有一點我們必須注意：就是例句 1 與例句 2 所表達之最基本命題內容(propositional content)，亦即最基本的事實，則保持不變。兩句中都提到兩個個體(Peter

與 Tom 兩個人)，以及這兩者之間當時之關係(打與被打)。這種深層次的基本語意關係及事實，始終如一。Tom 在兩句中都是做動作者，亦稱動作的「主事者」(agent)，而 Peter 在兩句中都是動作影響所及者，亦稱「受事者」(patient)。

因此，我們可了解，英語的主動句與其相對應的被動句通常所描述的事實是不變的。但所強調的重點則不同，被動句比較強調受事者及其遭遇，主動句則比較強調主事者及其行為。

以這種理解為基礎，我們應不難體會主動語態及被動語態在使用上會因表達的目的及體裁不同而有別。一般說來，比較生動及富想像的文字(imaginative prose)使用主動句較多；而以報導及描述事實及語調客觀而不涉及人身的文字(informative prose 及 impersonal style)則常使用被動句。因此，雖然一般文法書常會強調主動句是最常用的語態，但是我們也得記住，被動句因為具有上述表達上的特點，在某些特定體裁的用法中(如報導文章、科學論文等)，使用的比率相當的高。所以我們除了要知道被動語態的形式以外，還得了解其用法。

8.2 被動語態的形式 (The Formation of the Passive Voice)

並不是每個主動句都可有對應的被動句。最基本的要求是，主動句的動詞必須是及物動詞，才可能有其對應的被動句。主動句變被動句通常牽涉三個步驟，(1)主動句的受詞變成被動句的主詞，(2)動詞變成被動式(be＋動詞的過去分詞)，(3)主動句的主詞變成被動句的「主事者」，以介詞 by 來引導，形成「by＋主事者」片語，置於被動式動詞後面。如以例句 1 及 2 為例，我們可用下面圖解方式表示主動句與

被動句之間的關係：

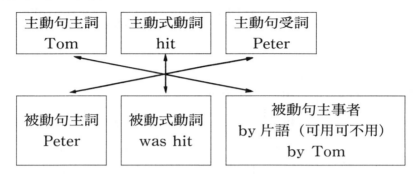

在被動語態形成的過程中，我們要注意以下兩點：

(1) 因主詞與受詞改變，動詞與主詞的數及格有時候會改變。例如：

1. John helped them. John 幫助了他們。

2. They were helped by John. 他們被 John 幫助了。

句 1 主詞為單數，但句 2 主詞為複數，句 1 受詞為受格 them，但變成句 2 主詞時則要改為主格形式 they。

(2) 原主動句動詞之時式，在被動句中有一定的對應。例如以上句 1 之簡單過去式 helped 改為 be（were/was） helped。如是 John will help them,則改為 They will be helped by John。在下面我們以動詞 take 為例，說明各種時態的主動式及被動式的對應：

時　　式	主　　動	被　　動
簡單現在式	take(s)	$\begin{cases} am \\ are \\ is \end{cases}$ taken
簡單過去式	took	$\begin{cases} was \\ were \end{cases}$ taken

簡單將來式	$\begin{Bmatrix} \text{will} \\ \text{shall} \end{Bmatrix}$ take	$\begin{Bmatrix} \text{will} \\ \text{shall} \end{Bmatrix}$ be taken
現在進行式	$\begin{Bmatrix} \text{am} \\ \text{are} \\ \text{is} \end{Bmatrix}$ taking	$\begin{Bmatrix} \text{am} \\ \text{are} \\ \text{is} \end{Bmatrix} \begin{matrix} \text{being} \\ \text{taken.} \end{matrix}$
過去進行式	$\begin{Bmatrix} \text{was} \\ \text{were} \end{Bmatrix}$ taking	$\begin{Bmatrix} \text{was} \\ \text{were} \end{Bmatrix} \begin{matrix} \text{being} \\ \text{taken.} \end{matrix}$
將來進行式	$\begin{Bmatrix} \text{will} \\ \text{shall} \end{Bmatrix}$ be taking	——
現在完成式	$\begin{Bmatrix} \text{have} \\ \text{has} \end{Bmatrix}$ taken	$\begin{Bmatrix} \text{have} \\ \text{has} \end{Bmatrix}$ been taken
過去完成式	had taken	had been taken
將來完成式	$\begin{Bmatrix} \text{will} \\ \text{shall} \end{Bmatrix}$ have taken	$\begin{Bmatrix} \text{will} \\ \text{shall} \end{Bmatrix} \begin{matrix} \text{have been} \\ \text{taken} \end{matrix}$
現在完成進行式	$\begin{Bmatrix} \text{have} \\ \text{has} \end{Bmatrix} \begin{matrix} \text{been} \\ \text{taking} \end{matrix}$	——
過去完成進行式	had been taking	——
將來完成進行式	$\begin{Bmatrix} \text{will} \\ \text{shall} \end{Bmatrix} \begin{matrix} \text{have been} \\ \text{taking} \end{matrix}$	——

　　從上面表中對應，我們知道，三種完成進行式及將來進行式都沒有列出被動語態。其原因是這幾種時式極少用被動語態。一如第五章的5.3節所述，這幾種時式如要有被動語態，就必會產生 be being 及

been being（如 will be being taken 或 have been being taken 等）的拗口字串，因此實際上可以說沒有人會使用。

有關被動語態，更多的例句如下：（注意：本章中好些例句的中譯都是很不自然的中文，因為這些例句之意思在中文中通常是用主動句表達的。）

3. This cake *was made* by her mother. 這個蛋糕是她母親所做的。

4. The article *will be read* aloud by Tom in class. 這篇文章將會被 Tom 在班上朗誦。

5. He *is* now *being questioned* by the police. 他現在正被警方詢問中。

6. They *were being watched* by the guards. 他們正被衛兵們看守着。

7. The job *has* just *been done* by Peter. 這工作剛被 Peter 做好了。

8. When we got home we found that the dishes *had been washed* by Jane. 當我們回到家裏時，發現碗盤已經被 Jane 洗好了。

9. By next September, the building *will have been completed*. 到明年九月時這幢房子將會被建好。

注意：含有情態助動詞的動詞組，其被動形式比照將來時式的被動式。例如：can do、can be done; would do、would be done; may do、may be done; could give、could be given; may have done、may have been done等。

8.3　被動語態的用法　(Uses of the Passive Voice)

　　整體而言，被動語態使用的頻率要比主動句低，但在特別的場合或體裁中(參看上節)，被動語態也很常用。被動語態最常見的用法如下：

　(1)　當我們要強調動作的受事者（亦卽是主動句中的受詞）以及其遭遇時，通常用被動語態。例如：

　　1.　**He** was killed by a speeding car.　他被一輛超速的汽車撞死。

　　這句的重點在動作 killed 的受事者「他」(he)以及他的遭遇（被撞死）。在其對應的主動句中，

　　2.　A speeding car killed him.　一輛超速的汽車把他撞死了。

「他」(him)並非語意重點。例句 2 之重點是 a speeding car。同樣，以下例句中，重點均為動作的受事者 she 及 those books。

　　3.　**She** was fired by her boss.　她被她的老闆解僱了。

　　4.　**Those books** have been thrown away by Tom.　那些書被 Tom 扔掉了。

　　注意：類似的情形是,當我們對動詞所描述的動作本身更感興趣,而對做動作的主事者的興趣不高時，也用被動語態。例如：

　　5.　A course in phonetics **will be offered** (by Prof. Wang).　王教授將會開一門語音學的課。（一門語音學的課將會由王教授開授。）

6. A museum *is being built* (by the local govern-
    ment). 當地政府正在建造一所博物館。(一所博物館正
    在被當地政府所建造。)

(2) 當動作主事者不詳，或是根本不必表示時，通常也用被動語態。
例如：

1. The soldiers *were wounded* in the war. 士兵們在
    戰爭中受傷。(說話者不知道是誰使士兵們受傷。另一方面，
    從常理判斷，也可猜到使他們受傷的大概就是敵方的士
    兵。)

2. The man *was murdered*. 那個人被謀殺了。(說話者
    不知道是誰殺了那個人。)

3. She *was told* the good news. 有人告訴她這好消息。
    (說話者不知道是誰告訴她這消息。)

4. The streets *are swept* every other day. 街道每隔
    一天清掃。(掃街道的人通常是清道夫，因此不必說明。)

5. After she *was admitted* to the hospital, she was
    operated upon at once. 她被送進醫院以後，馬上就動
    手術。(說話者不想或是不知道是誰送她入院；至於「動手
    術／開刀」的主事者，不言而喻一定是醫生，因此也不必
    說 she was operated upon by a doctor，因為 by a
    doctor 是多餘的，根本不必提。)

(3) 當主動句中動詞為泛稱或沒有特指的名詞或代名詞（例如 peo-
ple、one、someone、a man、nobody 等）時，通常以被動語態表

示爲多，同時也不必使用 by＋NP，因爲 by people, by one 等主事者片語(agent phrase)沒有什麼意義。

1. a. People *elected* him mayor.　人們選他當市長。

  b. He *was elected* mayor.　他被選爲市長。

2. a. People *suspected* him of stealing money from the bank.　人們懷疑他從銀行裏偷錢。

  b. He *was suspected* of stealing money from the bank.　他被人懷疑從銀行裏偷錢。

3. a. One *sees* this sign everywhere.　人們到處都見到這個符號。

  b. This sign *is seen* everywhere.　這個符號到處可見。

4. a. Someone *shut* the door.　有人把門關好。

  b. The door *was shut*.　門關好了。

以上各例句中，b 的句子要比 a 的句子更常用，也比較自然。

(4)　少數定形的被動態片語如 it is believed（大家都相信）、it is said（據說）、it is hoped、it is expected（大家／一般都希望／期望）等，常可引導 that 子句，具有不牽涉個人的語調。

1. *It is said* that he will be offering a course in linguistics next semester.　據說，他下學期會開一門語言學的課。

2. *It was* generally *believed* that Albert was a good mayor.　一般都相信 Albert 是一位好市長。

3. *It is hoped* that the prices of real estate will not go up again.　大家都希望房地產價格不再上漲。

4. *It was expected* that it would rain soon.　當時大家都期望不久會下雨。

類似的片語有：it is assumed（認為）、it is suggested（提議）、it is reported（據報導）、it is recommended（建議，擬請）等。

(5)　在學術及科學等論文的寫作中，常用被動語態的句子，表示客觀的立場及語調。例如：

1. The passive voice *is used* when the agent of the action is unknown.　當動作的主事者不詳時，用被動語態。

2. Two experiments *were done* to test this hypothesis.　為了測試這假設，做了兩個實驗。

3. This theory *is based* on the hypothosis that…　這理論是以……這種假設為基礎的。

4. A conclusion *will be made* in Chapter 5.　在第五章中將提出結論。

8.4　有關被動語態的一些限制及應注意事項(Some Constraints of and Notes on the Passive Voice)

雖然一般說來，含及物動詞的句子通常可以用主動或其相對應的被動語態來表達，但是有時候主動句與被動句並不一定具有固定的對應關係。語態的使用，文法上有些限制，這些限制也是使用被動語態

時應注意的事項，我們分別在以下幾點中討論。

8.4.1 動詞方面的限制

(1) 有些動詞只用主動語態

動詞用於被動語態比用於主動語態要受到更多的限制。除了不及物動詞、連繫動詞以外，另外還有一些及物動詞，只能用於主動語態，而不能用於被動語態。這類動詞有 have「有」、cost「價值……」、lack「缺少」、hold「容得下」、suit「適合」、resemble「相似」等。這些都屬於表示「存在／狀態」或「擁有」的靜態動詞(stative verbs of "being" and "having")。有些文法書稱之為「中間動詞」(middle verbs)。例如：

1. I *have* two brothers.　我有兩個弟弟。
2. She *has* a nice house.　她有一幢不錯的房子。
3. Richard *resembles* his mother.　Richard 長得像他媽媽。
4. They *lack* courage.　他們缺乏勇氣。
5. This *suits* me.　這適合我。
6. The hall *holds* 1,000 people.　這大堂容得下一千人。
7. The book *costs* two hundred dollars.　這本書價值兩百元。

以上的例句(1-7)都不能寫成被動語態，因為類似*Courage is lacked by them, *Two hundred dollars are cost by the book 等句子是不合文法的。

(2) 有些動詞如 say、rumor、repute 等，如後面接不定詞結構時，

只用於被動語態。例如：

8.　He **was said** to be a good doctor.　據說他是一位好醫師。

9.　She **was rumored** to have escaped from prison.　據謠傳她已逃獄了。

10.　Alfred **was reputed** to be the best teacher in that school.　一般認為 Alfred 是那所學校裏最好的老師。

另外「出生」也只用被動語態 be born 表示。例如：

11.　He **was born** in Tibet.　他出生於西藏。

以上例句 8-11 是沒有相對應的主動句。因為*Someone said him to be a good doctor, *Someone rumored her to have escaped from prison, *?His mother bore him in Tibet 等等都是不妥當的句子。

8.4.2　片語動詞

片語動詞如成為成語時（亦即其語意不是動詞＋介／副詞的字面意思）時，可以用於被動語態。如片語動詞以其字面（動詞＋介／副詞）的意思使用時，不用於被動語態。試比較：

1.　They finally **arrived at** the railroad station.　他們終於抵達火車站。（arrive 與 at 加起來的字面意思）

2.　They finally **arrived at** a satisfactory conclusion.　他們終於獲得一個令人滿意的結論。（arrive at 的成語意思）

例 1 不可以寫成被動式，例 2 則可。我們不可以說：

3.　*The railroad station was finally arrived at.

但是，我們可以說：

4.　A satisfactory conclusion was finally arrived at.

其他具有字面意思及成語意思兩種語意的片語動詞如 look into,
go into 等，也遵從此用法規則。

8.4.3　被動句中的主事者

被動句中的主事者(agent，亦卽實際做動作者) 由 by 片語表示。
但據 Quirk 等人(1985)所提，事實上在實際使用時，每五句被動句中，
大約會有四句沒有 by 片語，亦卽沒有表示動作的主事者。這種情形，
尤以上面8.3(2)及8.3(3)所描述者爲然。換言之，當動作的主事者未
知、不詳、無關重要或不言而喩時，主事者片語(by＋NP)經常不必表
示。

1.　Joe was hit on the head.　　Joe 的頭部被打了。

在例句1裏，說話者不知道「打」的主事者是誰，所以根本無從
說起。另外，8.3(2)及(3)之其他例句中，眞是要硬加上 by 片語，也沒
有意義。

因此，沒有 by 片語的被動句，不可能有絕對的對應的主動句。所
以例句1的主動句很可能是：

2.　$\left\{\begin{array}{l}\text{The teacher}\\ \text{His father}\\ \text{His mother}\\ \text{Someone}\\ \vdots\end{array}\right\}$ hit Joe on the head.

8.4.4 語意上應注意事項

雖然在本章開始時我們已經說明，被動句所表示之事實（命題內容）與主動句一樣。主動句的主事者在被動句中雖然出現在 by 後面，但其語意功能仍是主事者。主動句中的受事者雖然變成被動句的主詞，但其語意功能仍是動作的受事者。這是大多數主動句與其對應之被動句的關係。然而，有少數情形，主動句改成被動句時，其語意卻會改變。例如，如主動句的主詞及受詞含有量詞(quantifier，如 few、some、many 等）或否定詞（如 nobody、nothing 等），以及含有some、any 等指稱不定的詞語時，相對的被動句的語意會改變。例如：

1. *Many* people read *few* books.　很多人很少看書。
2. *Few books* are read by *many* people.　沒有幾本書是很多人都看的。

例句 1 與 2 雖然在形式上是對應的一對主動句與被動句，但其語意則明顯不同。其原因是涉及主詞及受詞所含有的量詞管轄(或許可稱「修飾」)的範圍(scope)在被動句形成過程中，因移位而產生改變，語意也因此改變。

另外，有時候情態助動詞在主動與被動句式中，也會產生語意的改變。例如：

3. John *cannot do* this job.　John 不能做這工作。
4. This job *cannot be done by* John.　這工作不可能由 John 來做。

例句 3 是指 John 的「能力」，表示「John 做不了這工作」，例句4 則指「可能性」（參看 Quirk 等人 1985，p.165)。

8.4.5　間接受詞，直接受詞與被動語態

一般說來，動詞如帶有兩個受詞時，被動句可以有兩種。間接受詞或直接受詞都可能做被動句的主詞。例如：

1.　I gave **him** a **book**.　我給他一本書。

例句 1 的被動句可以是：

2.　**He** was given a book (by me).

也可以是：

3.　**A book** was given (to) him (by me).

通常以主動句中的間接受詞做主詞的被動句比較好，如例句 2。另外，例句 3 中的 to 可以省畧。同時有些動詞後面不用 to 而用 for 或 of。例如：

4. a.　She asked me a question.

　 b.　A question was asked **of** me.

5. a.　I bought her a present.

　 b.　A present was bought **for** her.

除此之外，受詞如爲反身代名詞，則不能改成被動句。例如：

6. a.　John cut **himself** with a knife.　John 用小刀割了自己。

　 b.　*Himself was cut with a knife by John.

8.4.6　get-被動句

被動句的主要助動詞是 be，但是 get 也可以表示被動的語意。如：

1.　She **got beaten** last night.　她昨天晚上挨揍了。

2.　The thief **got caught** by the owner of the house.

小偷給房子的主人捉到了。

3. The book finally *got translated* into French. 這本書終於被翻譯成法文了。

《做練習上冊　習題 12》

第九章

主要助動詞 Be、Have、Do (The Primary Auxiliaries: Be、 Have、Do)

9.1 助動詞概說 (A Brief Note on Auxiliary Verbs)

英語的動詞中，除了語意及結構都能獨立的普通動詞(ordinary verbs；又稱為「完整動詞」(full verbs)或「字語動詞」(lexical verbs)) 以外，還有一些動詞稱為助動詞(auxiliary verbs)。這些動詞的功能主要是：(1)「幫助」普通動詞形成動詞組的被動式，進行情狀及完成情狀；(2)「幫助」普通動詞表達其本意以外的一些「情態」 (如能力、義務、需要、允許、可能性等)；(3)在 yes-no 問句及否定句形成的過程中，擔任重要的文法功能語詞。

這些功能之中，(1)由「主要助動詞」(primary auxiliaries) Be、 Have、Do 表示，(2)則由「情態助動詞」(modal auxiliaris) can、 may、will、could、should、would 等表示。(3)是這兩種助動詞共有的功能。

主要助動詞 Be、Have、Do 除了在功能上與情態助動詞有別以外，在構詞形式上，也有所不同。大體而言，Be、Have 及 Do 有動詞

詞形變化（如第三人稱現在式單數字尾 -s，過去式的 -ed，完成式的 -en，以及進行式的 -ing），但是情態助動詞則無詞形上的變化（例如，沒有 * musting，* coulds 等形式）（參看 5.2）。

此外，Be、Have、Do 除了當助動詞使用以外，都可以當普通動詞使用。但情態助動詞大多數只作助動詞使用。

在本章及以下一章中，我們分別討論主要助動詞及情態助動詞。但在正式討論之前，我們可以先審視一下這兩種助動詞共同的特性。概括而言，助動詞(包括 Be、Have、Do 及情態助動詞)的特點如下：

(1) 助動詞能與 not 連用，構成否定句。同時，在否定句中，助動詞更可以進一步與 not 構成略寫（讀）形式(contracted form)。例如：

1. John *is not* tall.　John 不高。
2. Mary *cannot* swim.　Mary 不會游泳。
3. She *will not* be here tomorrow.　她明天不會到這兒來。
4. I *do not* like him.　我不喜歡他。
5. He *has not* come yet.　他還沒來。
6. John *isn't* tall.
7. Mary *can't* swin.
8. She *won't* be here tomorrow.
9. I *don't* like him.
10. He *hasn't* come yet.

(2) 部分助動詞還可以有肯定的略寫（讀）形式。例如：

Be: am, 'm; is, 's; are, 're

Have: have, 've; has, 's; had, 'd

情態助動詞: will, 'll; would, 'd

1. I *am* tired.　我累了。

   I'*m* tired.

2. He *is* happy.　他很快樂。

   He'*s* happy.

3. They *are* all here.　他們都在這兒。

   They'*re* all here.

4. I *have* just *eaten* my lunch.　我剛吃過午飯。

   I'*ve* just *eaten* my lunch.

5. She *has* just *gone to* school.　她剛上學去。

   She'*s* just *gone* to school.

6. She said she *had made* a cake.　她說她做了一個蛋糕。

   She said she'*d made* a cake.

7. I will go tomorrow.　我明天會去。

   I'll go tomorrow.

8. He would like to help you.　他願意幫助你。

   He'd like to help you.

(3) 在 yes-no 問句形成時，助動詞與主詞要倒裝（易位）。例如：

1.a. *He is* singing.　他正在唱歌。

　b. *Is he* singing?　他正在唱歌嗎？

2.a. *He likes* music.　他喜歡音樂。

　b. *Does he like* music?　他喜歡音樂嗎？

3.a. *He has eaten his lunch.*　他吃過午飯。

    b.   *Has he eaten* his lunch?   他吃過午飯了嗎?

4.a.   He *will come* tomorrow.   他明天會來。

    b.   *Will he come* tomorrow?   他明天會來嗎?

5.a.   *He can speak* English.   他會說英文。

    b.   *Can he speak* English?   他會說英文嗎?

(4)　助動詞可用於附加問句(tag questions),短答句(short answers),或在一些經省略而減縮的結構中,代表完整的動詞組。例如:

1.　You like this dog, *don't* you?　你喜歡這隻狗, 不是嗎。

2.　Yes, I *do*.　是的, 我喜歡。
　　　No, I *don't*.　不, 我不喜歡。

3.　I like this dog and so *does* he.　我喜歡這隻狗, 他也喜歡。

這幾句的 do、does、don't 都代表 like(this dog)。

9.2　Be

9.2.1　Be 當助動詞使用

Be 除了以倒裝法及與 not 連用, 構成與含 Be 動詞的肯定陳述句對應的 yes-no 問句及否定句外, 還有以下的功能:

(1)　Be 與動詞的現在分詞(V-ing)連用, 形成進行時式。例如:

1.　He *is doing* his homework.　他正在做功課。

2. He *was doing* his homework when I went to his place last night.　昨晚我到他那兒的時候他正在做功課。

(2) Be 與動詞的過去分詞(V-en)連用，形成被動語態。例如：

1. He *was arrested.*　他被逮捕了。

2. She *is being questioned.*　她正在被詢問。

3. This problem *has not been solved.*　這個問題還沒有解決。

　　注意：(a)　關於 Be 的各種構詞形式，參看第五章 5.2 節。

　　　　　(b)　含情態助動詞的句子，其被動句亦以 be 來表示之。

　　　　　　　例如：Someone must do the job.　→　The job must be done.

9.2.2　Be 當普通動詞使用

(1) Be 當普通動詞使用時，具連繫動詞功用，可以表示職業、身份、有關人或物的狀況、精神或身體狀況、年齡、大小、重量、價格等。例如：

1. He *is* a doctor.　他是醫生。

2. Water *is* liquid.　水是液體。

3. Tom *is* in the garden.　Tom 在花園裏。

4. She *was very* tall.　她很高。

5. Taiwan *is* an island.　臺灣是個島嶼。

6. I *am* very tired.　我很累。

7. They *were* very happy.　他們很快樂。

8. She *will be* unhappy.　她將會不快樂。

9. I *am* seventeen.　我十七歲。

10. How old *are* you?　你幾歲?

11. How tall *are* you?　你多高?

　　I *am* 1.75 meters.　我身高 1.75 公尺。

12. What *is* your weight?　你有多重?

　　(或 How much do you weight?)

　　I *am* 55 kilos.　我體重 55 公斤。

　　(或 I weigh 55 kilos.)

13. How much *is* this book?　這本書多少錢?

　　It'*s* 100 dollars. (這本書) 一百元。

(2)　Be 當普通動詞使用，而其主詞是不定的人或物時，用 there＋be＋名詞的結構表示。例如:

1. There *is* a man at the door.　門口有一個人。

2. There *are* two students in the classroom.　教室有兩個學生。

注意: (a)　1、2 兩句真正的主詞是 a man，及 two students。there 只是語法上的引導詞，因此，動詞 be 是與真正的主詞在數方面一致，a man 用 is, two students 用 are。同時，表示不定的人／事物所在，而且處所詞語也清楚表示時(如例 1、2)，也可以說成 A man is at the door. 及 Two students are in the classroom.

(b)　但表示「存在」「發生」等意思時，則只能用 there＋be＋名詞。例如:

3. There ***are*** two grammatical errors in the first paragraph.　第一段裏面有兩個文法錯誤。

4. There ***will be*** a party on Sunday.　星期日會有一個聚會。

3、4 兩句不可以說成 ＊ Two grammatical errors are in the first paragraph.　及 ＊ A party will be on Sunday.

9.3　Have

9.3.1　Have 當助動詞使用

Have 除了以倒裝法及與 not 連用，構成與含有 have 動詞的肯定句相對應的問句及否定句以外，還有構成完成時式的功能。例如：

1. I ***have finished*** my work.　我已經做完我的工作了。

2. I ***had finished*** my homework when you came to my house last night.　昨晚你來我家時，我已經做完功課了。

3. We ***will have lived*** here for ten years by next month.　到下個月我們將會在此地住了十年。

4. By the time we get there, the train ***may have*** already ***left***.　當我們到達那兒的時候，火車可能早已走了。

9.3.2　Have 當普通動詞使用

(1)　Have 表示「擁有」「所有」。

這是 have 動詞基本的語意。在美式英語中，表示這種語意的 have，其文法功能一如其他普通動詞。亦即問句及否定句均需助動詞 do 的支持(Do-support)。例如：

1. I *have* some money.　我有一點錢。

2. *Do* you *have* any money?　你有錢嗎？

3. I *have* a car.　我有一輛汽車。

4. *Do* you *have* a car?　你有汽車嗎？

5. I *do not*(*don't*) have any money.　我沒有錢。

6. I *don't have* a car.　我沒有汽車。

注意：(a)　在英式英語中，表示「擁有」、「所有」的 have 也可以不靠助動詞 do 而形成問句及否定句。例如：

7. I *haven't* any money.

8. *Have* you a car?

但 7 與 8 在美式英語中不用。另外，在英式英語的口語中，have got／has got 比較常用。例如：I haven't got any money?／Have you got a car?

(b)　動詞若是過去式，即使英式英語也不常用(a)之用法。例如：Had you any money? 是相當不自然，也很少聽到的說法。

(2)　Have 表示「吃／喝」、「舉行」、「經歷」、「遭遇」。

Have 表示比較「動態」的語意（例如「吃」、「喝」等）時，其功能如普通動詞一樣。yes-no 問句及否定句的形成需要助動詞 do 的支持（英式與美式英語在這方面並無差異）。例如：

1. She usually *has* coffee with her breakfast.　她通常早餐時喝咖啡。

2. We *are having* a party next Saturday.　下週六我們會有一個聚會。

3. We *had* a good time last night.　昨天晚上我們玩得很開心。

4. He *is having* lunch right now.　他現在正在吃午飯。

5. I *have* breakfast at seven.　我七點鐘吃早餐。

6. *Does* she usually *have* coffee with breakfast?　她通常早餐時喝咖啡嗎?

7. *Did* you *have* a good time last night?　你昨天晚上玩得開心嗎?

8. I *didn't have* a good time.　我玩得不開心。

9. *Do* you *have* breakfast at seven?　你早上七點鐘吃早餐嗎?

10. I *did not take* a bath last night.　昨天晚上我沒有洗澡。

注意: (a) 表示「擁有」等意思時，have 為「靜態」動詞，不用於進行式。因此，我們不能說 * I am having a car. 但表示「吃／喝」等意思時則可。見上面例句 2、4。

(b) 與 do 連用時，常表示「習慣上」的動作，例如 *Do* you *have* breakfast at seven? 是問你是否通常是在七點吃早餐。*Do* you *have* headaches? 是問你是否經常會頭痛。

9.4 Do

9.4.1 Do 當助動詞使用

(1) 句子動詞爲簡單現在式或簡單過去式（亦即動詞組本身不含任何助動詞）時，其問句及否定句要用 do 來構成。例如：

1. She *wants* to stay.　她想留下來。
2. *Does* she *want* to stay?　她想留下來嗎？
3. She *doesn't want* to stay.　她不想留下來。
4. I *promised* to give him a present.　我答應過給他一份禮物。
5. *Did* I *promise* to give him a prenent?　我答應過給他一份禮物嗎？
6. I *didn't promise* to give him a present.　我沒有答應給他一份禮物。
7. I *said* something.　我說了一些話。
8. What *did* I *say*?　我說了些什麼？
9. *Did* I *say* anything?　我說了任何話嗎？
10. I *did not say* anything.　我沒有說任何的話。

(2) 肯定句的動詞如是簡單現在式或簡單過去式，要加強語氣時，用 do 或 did，重音唸在 do 或 did 上。例如：

1. I `*do* want to come.　我眞的想來。
2. I `*did* see her this morning.　今天早上我眞的看到

她。

祈使句（特別是請求或邀請）也可以加上 Do 增加其「說服力」，這種句子也稱為「說服祈使句」(persuasive imperatives)。例如：

3. Come in.　請進
4. **Do** come in!　請進（語意更為懇切，更想聽者進來）

(3)　do 可以在省略部分語詞的結構中，代表前述的動詞（述語）。例如：

1. A:Do you like the movie?　你喜歡這電影嗎？
   B:Yes, I **do**.(do＝"like the movie")　喜歡。
2. A:Did he stay?　他有沒有留下來？
   B:Yes, he **did**.(did＝"stay")　有，他留下來了。
   或 No, he **didn't**(didn't＝"did not stay").　沒有，他沒有留下來。
3. She can read books faster than I **do**.(do＝"read books")　她看書比我看得快。
4. I don't like swimming but he **does**.
   (does＝"like swimming")　我不喜歡游泳，但他卻喜歡。

這種用法也適用於附加問句(tag questions)。例如：

5. He didn't arrive on time, **did** he?　(did＝"arrive on time")他沒有準時到，是嗎？

9.4.2 Do 當作普通動詞使用

當普通動詞使用時，do 的文法功能一如其他的普通動詞。問句與

否定句需要助動詞 do 的支持。

1. He *does* his homework in the evening.

   他晚上做功課。

2. *Does* he *do* his homework in the evening?

   他在晚上做功課嗎?

3. He *doesn't do* his homework in the evening.

   他不在晚上做功課。

4. What *is* he *doing* now?　他現在做什麼?

5. What *does* he *do* for a living?　他做什麼維生?

6. How *are* you *doing*?　　你這一向可好?

   (do=get on)

7. I *didn't do* my job well.　我沒有把我的工作做好。

9.5 含有 Be、Have, 並具備近似助動詞功能的片語

這類片語包括 *be to*、*be about to*、*be bound to*、*be going to*、*be supposed to*、*be willing to*、*have to*、*had better* 等 ❶。這些片語有些地方與助動詞相似, 比方說, 後面都接動詞原式, 整個片語表示某些「情態」(例如 have to 表示「責任／義務」, be about to 表示馬上要發生的狀況, be willing to 表示「意願」等); 另一方面這些片語中的 be 或 have 多少也保留普通動詞的特性 (例如具有時式及數的變化; 但 had better 例外)。因此這是一群比較特別的動詞成語, 有些文法書稱之爲「半助動詞」(semi-auxiliaries) 及「情態成語」(modal idioms), 或「準助動詞」(quasi-auxiliaries)。不過,

名稱並不重要。重要的是我們要知道這是一群含有類似助動詞功能的片語。自成相當特別的一小群。我們在下面分別擇其常用者加以介紹。

9.5.1

Be to

(1) Be to＋動詞原式可表示「指示」或「命令」。例如：

　1.　You ***are to*** stay here.　你得留在此地。

　2.　No one ***is to*** enter this room without my permission.　沒有我的許可，沒有人可以進入這房間。

(2) Be to＋動詞原形可表示某種「計劃」。例如：

　1.　We ***are to go*** to New York next week.
　　　我們打算下週去紐約。

　2.　The President ***is to visit*** our town tomorrow.
　　　總統明天訪問本鎮。

9.5.2

「***be about to*** ＋動詞原式」表示即將發生的動作。例如：

　1.　I ***am about to leave***.　我馬上要走了。

　2.　They ***are about to say*** good bye.　他們馬上要說再見了。
　　　（如要對「馬上／即將」的意思更加強調時，可以用 be on the point of＋V-ing，例如：I am on the point of leaving.）

9.5.3

「*be going to*＋動詞原式」表示「將來」，常可以與簡單將來式 will／shall＋V 通用。例如：

1. I'*m going to meet* him at the airport tomorrow.
   明天我會到機場去接他。

2. He *is going to resign.* 他將要辭職。

   注意：be going to 常帶有「意向」及「預測」的含意。

9.5.4

Have to

(1) 「have to＋動詞原式」與 must 相似，表示「責任／義務」之意。例如：

1. We *have to go* home early. 我們必須早回家。

2. He *has to tell* the truth. 他必須說實話。

(2) 「had to＋動詞原式」表示過去的「責任／義務」。例如：

He *had to tell* the truth. 他當時必須說實話。

9.5.5

Had better

(1) 「Had better＋動詞原式」表示「可勸性／適當性」(advisability)。例如：

1. We *had*(*We'd*) *better* buy this car. 我們最好還是買這部車子。

2. You *had better*(you'*d better*)believe me. 你最好

還是相信我。

注意：(a) had better 不是過去式，其語意是現在或將來，因此我們可以說 You'*d better* come tomorrow.

(b) had better 常用略字（讀）式 'd better。例如 I'd better, you'd better 等。

(2) Had better 的否定式是 had better not。例如：

1. You'*d better not* come home late. 你最好不要晚回家。

2. He *had better not* say anything. 他最好是什麼都不說。

《做練習上冊，習題 13》

---

❶ would rather 也屬於這一類，在下一章說明。

第十章

情態助動詞
(Modal Auxiliaries)

10.1　情態助動詞的特性(Characteristics of Modal Auxiliaries)

　　情態助動詞包括 *can*、*could*、*may*、*might*、*shall*、*should*、*will*、*would*、*must*、*dare*、*need*、*ought to*、*used to* 等。這些動詞除了能「幫助」普通動詞構成問句及否定句，並表示動詞本意以外的某些「情態」（例如可能性、能力、意願等）以外，還具有以下文法結構及用法上的特徵：

特徵	情態助動詞	普通動詞
1.接動詞原式 　(即不帶 to 的不定 　詞)	can do	* plan do (不可接動詞原式)

2.沒有不定詞或 分詞的形式	* to can	to plan
	* canning	planning
	* canned	planned（可以有不定詞及分詞形式）
3.沒有第三人稱單數 現在式的 -s 詞尾	* He cans do it.	He plans to do it.（有-s 詞尾）
4.時式與時間不必一致	Could I see you tomorrow?（過去形式表示非過去時間）	He planned to do it.（過去式表示過去時間）

10.2 情態助動詞的用法 (Uses of Modal Auxiliaries)

情態助動詞可分為兩種，一種是最常用的主要情態助動詞(central modal auxiliaries)，包括 *can*、*could*、*may*、*might*、*shall*、*should*、*will*、*would*、*must*，第二種是次要情態助詞(marginal modal auxiliaries)。包括 *dare*、*need*、*ought to*、*used to* 等。以下分別討論其特性及用法。

10.2.1 Can／Could

否定式：*cannot, can't／could not, couldn't*

(1) *can* 可表示「能力」。

1. *Can* you *move* this chair?　你能移動這椅子嗎？

2. I *can remember* his name.　我可以記起他的名字。

3. She *can cook* better than I. 他菜燒得比我好。

4. I *can* swim. 我會游泳。

(2) *can* 可表示「可能性」。

1. He *can't* make this kind of error. 他不可能犯這種錯誤的。

2. Even experts *can make* mistakes. 即使專家也可能犯錯。

3. There *can be* a party next week. 下週可能會有聚會。

4. The rain *can stop* in a day or two. 雨可能一兩天之內會停。

注意：這些句子可以釋義為 It is possible(for NP)…。例如句1可以解釋為 It is not possible for him to make this kind of error.

(3) *can* 可用來請求許可或表示許可。例如：

1. I *can say* whatever I want to say. 我可以想說什麼就說什麼。

2. You *can leave* now. 你現在可以走了。

3. *Can* I *take* a day off today? 我今天可以休假一天嗎？

4. *Can* I *use* your telephone? 我可以用你的電話嗎？

注意：cannot 也可表示「禁止」之語意。例如：You cannot park your car here. （你不可把車子停在此。）

(4) *could* 也可表示請求允許，其語氣比 can 要更委婉及禮貌。例如：

    1. *Could* I *use* your phone?　我可以用你的電話嗎？

    2. *Could* I *stay* up late tonight?　今天晚上我可以很晚才睡嗎？

注意：這些請求句不表示過去的意思。

(5) *could* 可以表示過去的允許、能力等。常見的情形是與另一個過去式動詞或表示過去時間的詞語連用。例如：

    1. She *said* I *could use* her phone.　她說我可以用她的電話。

    2. Peter *was* certain that he *could get* there on time. Peter　確信他能夠準時抵達那兒。

    3. We *could stay up* late *last night.*　昨天晚上我們可以很晚才睡。

    4. I *couldn't find* my pen *this morning.*　今天早上我找不到我的筆。

10.2.2　May／Might

否定式：*may not, mayn't／might not, mightn't*

(1) *may* 與 *might* 表示可能性。例如：

    1. He *may／might have* the answer now.　他現在可能已經有答案了。

    2. It *may／might be fine* tomorrow.　明天天氣可能會

好。

3. She ***may／might*** go to New York. 她可能去紐約。

通常 might 所表示之「疑惑」語意比較重，因此其可能性要比 may 所表示的可能性要小。以上的例句中，may 的說法要比 might 的說法發生的可能性要高些。

這種用法的疑問式通常用 Is it likely?來表示。例如：

4. ***Is it likely*** that it will rain tomorrow? 明天可能會下雨嗎？

5. ***Is he likely*** to be late? 他可能會遲到嗎？

例 4 比較不會用*May it rain tomorrow?來表示。例 5 通常也不會說成*May he be late?

(2) ***may*** 可以表示允許。例如：

1. I ***may go*** home as soon as I have finished. 我一做完就可以回家。

2. You ***may come*** in. 你可以進來。

3. Visitors ***may park*** their cars here. 訪客可在此停車。

4. John ***may stay up*** late tonight. John 今天晚上可以很晚才去睡覺。

5. ***May*** I ***use*** your typewriter? 我可以用你的打字機嗎？
   Yes, you ***may***. 可以。
   No. you ***may not***. 不可以。

請求允許時 (如例句 5) 也可用 might，語氣比較更禮貌。另外，在比較不正式的場合及用法裏，以上例句都可用助動詞 can 代替。

(3) *may／might＋have＋V-en* 表示對過去動作的猜測。例如：
She *may／might have left.* 她可能已經走了。

(4) 如句子的主動詞或條件子句中的動詞是過去式時，要用
might。例如：

1. *Mary said that Tom might use* her typewriter.
   Mary　說 Tom 可以用她的打字機。

2. We thought that he *might have missed* the train.
   我們以爲他可能已經錯過那班火車了。

3. If you woke her up, she *might cry.*　如果你把他吵
   醒，她可能會哭。

10.2.3　Shall／Should

否定式：*shall not, shan't／should not, shouldn't*

10.2.3.1　*Shall*

(1) 雖然在理論上，shall 可表示第一人稱將來，但這種用法在美式
英語中已經由 will 取代。同時，即使在英式英語中，口語裏也愈來愈
少人用了。因此，類似 I *will／shall* go with you tomorrow. 之
句子，通常是以說 will 爲主。

(2) *shall* 仍用於 let's 後面之附加問句，以及表示提議，請求命令
或指示的問句中。例如：

1. Let's go to the movies, *shall* we?　我們去看電影吧，

好嗎？（附加問句）

2. *Shall* we *go* by bus? 我們坐公車去好嗎？（提議）

3. *Shall* I *call* him back right now? 我要不要現在就回他電話呢？（請求指示）

4. What *shall* I *do* with these letters? 這些信我怎麼樣處理才好呢？（請求指示）

(3) *shall* 可表示決心。

在平常，表示決心用 will，但如說話者要特別強調（例如在演說）時，可用 shall 來表示決心。例如：

1. I shall return. 我一定會回來的。

2. We shall fight and we shall win. 我們會奮鬥，我們一定會勝利。

(4) *shall* 與第二人稱連用時，常帶許諾之意。例如：

1. You *shall have* a cookie. 你可以吃一塊餅乾。（＝I promise you a cookie. 我答應給你一塊餅乾。）

但這種用法也不一定限於第二人稱。在會話中，我們也可以說：

2. I *shall be* there on time! I promise you. 我答應你。我一定準時到達那兒！

注意：遇有疑慮時，用 will。

10.2.3.2 *Should*

(1) *should* 表示義務／責任。

1. You *should hand in* your homework on Monday.

你應該在星期一把功課交來。

2. We **should pay** our income tax by the end of this month.　我們應在本月底以前繳交所得稅。

3. Claims **should be made** within one month.　聲請理賠應於一個月內提出。

4. He **should read** this chapter.　他應該唸這一章。

注意：(a) should＋be＋V-ing 表示句子主詞現在沒有盡他應盡的義務或責任，或是他現在的行為並不明智。例如：You **should be studying** for your exam.你現在應該為考試而唸書。(但你現在正在做別的事。)

(b) should＋have＋V-en 表示未盡的義務或責任，亦即該做卻沒有做，或是不該做卻做了的事。

　　1. You **should have told** him the truth.　你本該把真相告訴他的。(但你卻沒有告訴他。)

　　2. You **shouldn't have opened** the door.你本來不該把門打開的。(但你卻把門打開了。)

(2) **should** 可表示依事實或情況而作的推斷。例如：

1. (Tom is a good friend of Mary's.)
Tom **should know** Mary's address.　Tom 應該知道 Mary 的地址。(因為說話者知道 Tom 是 Mary 的好友，所以推斷他會知道她的地址。)

2. Chomsky's is a well-known linguist, so this paper of his **should be** worth reading.　Chomsky 是一位出名的語言學家，所以他這篇論文應該是值得一讀的。

3. (The plane is scheduled to arrive at 3 p.m. It's now 4 p.m.) The plane **should have landed** by now. （飛機預計是下午三點到。現在是下午四點。）飛機現在應該已經到了。

(3) 在間接（報導）句式(indirect speech, 或 reported speech) 在其他複合句裏, **should** 與過去式動詞連用, 表示義務／責任或推斷。例如:

1. He said to me that I **should study** hard. 他對我說我應該用功唸書。

2. She said we **should keep** the knife out of the reach of the children. 她說我們應該把這刀子放在孩子們拿不到的地方。

3. I said Alice **should know** my name. 我說 Alice 應該知道我的名字。

4. I thought he **should be** on time. 我認為他應該準時的。

(4) **should** 可以表示諸如驚訝、惋惜、驚喜、懼怕等情緒上的意思。也稱為「表示情緒的 should」(emotional should)。例如:

1. I was glad that he **should go** there. 我很高興他居然會到那兒去。

2. It's unfair that she **should lose** her job. 這很不公平, 她竟然失業了。

3. It is strange that he **should love** music. 真奇怪,

他竟然喜歡音樂。

4. Why *should* he *burn* the papers?　他為何要把文件燒掉？（含有不解及疑惑之意）

5. I will not think of it, lest I *should* (*be*) disappointed.　我不再想它了，以免會失望。

6. She put the medicine away for fear that her children *should take* it by accident.　她怕孩子們意外地把藥吃了，就把藥收起來。

10.2.4　Will／Would

否定式: *will not, won't／would not, wouldn't*

10.2.4.1　*Will*

(1)　*will* 表示簡單的將來，例如：

1. She *will be* a college student next year.　明年她就是個大學生了。

2. You *will lose* your job if you lie to the boss.　如果你對老闆說謊，你會失業的。

3. I *will send* you a postcard when I get there.　到了那兒我會寄個明信片給你。

(2)　*will* 可表示各種不同強度的意志，例如打算、意願、允諾、決心等。

1. I *will write* you soon.　我會很快寫信給你的。（打算）

2. We *won't stay* long.　我們不會待很久的。（打算）

3. I *will help* you.　我會幫助你。（意願）

4. *Will* you *help* her?　你會幫助她嗎？（意願）

5. I *will lend* you my typewriter, if you really need it.　如果你真的需要的話，我可以把打字機借給你。（我答應借給你。）（允諾）

6. We *will work* hard.　我們一定會努力工作。（決心）

(3) *will* 可以表示推測。

1. You *will feel* better after you eat something.　吃點東西以後你會覺得舒服些。（將來的推測）

2. Let's give him a call.　He'*ll be* at home now.　我們打電話給他吧。他現在會在家的。（現在的推測）

3. If you don't stop her, she *will talk* for hours.　如果你不制止她，她可以說上好幾個鐘頭的。（因為她是個愛說話的人。）（習慣的推測）

4. Oil *will float* on water.　油會浮在水面上。（習慣的推測）

5. If you dip a piece of litmus paper into vinegar, it *will turn* red.　如果你把一張石蕊試紙放入醋中，試紙會變紅。（習慣的推測）

(4) *will* 可以表示習慣或常做的動作。通常與第三人稱主詞連用。例如：

1. He *will often* sit on the bench in the park.　他常常會坐在公園裏的長橙上。

2. Sometimes she'*ll sit* on the floor all day long and she'*ll* just *play* with her dolls. 有時候她會整天坐在地板上，玩她的洋娃娃。

(5) *will* 與 you 連用可表示請求。

1. *Will you give* me a hand? 你可以幫忙我嗎？

2. *Will you* please *open* the door? 請你把門打開好嗎？

10.2.4.2 *Would*

(1) *would* 爲 will 的過去形式。可表示 will 的各種用法。

1. He *said* that I *would feel* better after I ate something. 他說我吃點東西以後就會舒服些。(推測)

2. The librarian *said* that she *would call* me later. 那位圖書館員說過一會她會打電話給我。(打算)

3. John *told* me that he *would study* hard because he wanted to pass the exam. John 告訴我說他一定會用功唸書，因爲他想考試及格。(決心)

4. He *told* me that when he was in high school he *would go* jogging every morning. 他告訴我說他唸中學時每天早上都會去慢跑。(過去習慣)

(2) *would* 表示請求時，語氣比 will 更客氣及禮貌。例如：

1. *Would* you *open* the door, please? 請你把門打開好嗎？

2. *Would* you please *stay* for a while? 請你逗留一會好嗎？

(3) *would rather* (*sooner*) *than* 表示「偏好」、「寧可」之意。例如：

1. I *would rather* play basketball *than* tennis. 我寧可打籃球而不去打網球。

2. He *would rather* go to the movies *than* stay home. 他寧可去看電影而不願留在家。

注意：than 後面接名詞或動詞原式。

10.2.5 Must

否定式：*must not, mustn't*

(1) *must* 表示義務、責任、需要或加強語氣的勸告。例如：

1. We *must pay* our bill night now. 我們現在必須付賬。

2. You *must wipe* your feet before your come into the house.進屋子之前你必須先把腳擦乾淨。

3. A driver *must drive* carefully. 司機必須小心開車。

4. You *must come* tomorrow night. 明天晚上你一定要來。

5. You *must be* more careful next time. 下一次你必須更小心一些。（勸告）

6. You *must take* more exercise. 你得多做點運動。（勸告）

(2) *must* 可表示推斷(deduction)。特別是有明顯的理由所支持的推斷。例如：

1. Mary: I've been working for almost ten hours.

    Tom: You *must be* very tired now.

    Mary: 我一直不斷地工作了十個鐘頭。

    Tom: 那你一定很累了。

2. I see John walk in with an umbrella which is dripping wet. It *must be raining* outside. 我看見 John 拿著一把濕透了的雨傘走進來。外邊一定是在下雨。

3. It was mid-night, and there were no buses. So he *must have* come by taxi. 當時已經是半夜，沒有公共汽車了。他一定是坐計程車來的。

(3) *must* 本身沒有過去式，其過去式以 had to 表示之：

1. I *had to work* overtime yesterday. 昨天我必須加班。

2. There were no buses so we *had to take a taxi.* 沒有公車，所以我們必須搭計程車。

    注意：在報導句式(reported speech)中，也可用 must。例如：

    The shopkeeper told me that we must pay in cash.

(4) *must not* (*mustn't*)表示禁止、不許。因此，You must go 的意思是「你必須去」，但 You must not go. 卻表示「你不可以去」（而不是* 「你不必去」）。

1. You *must not leave* this room.　你不可以離開這房間。

2. You *must not smoke* here.　你不可在此抽菸。

注意：要表示「不需要」不用 must not，而用 need not 或 do／does not have to。例如：

I must go.　我必須去。

I need not go.　我不必去。

I don' have to go.　我不必去。

10.2.6　次要助動詞

10.2.6.1　*ought to*

否定式：*ought not, oughtn't*

ought to 大多數用法與 should 相似。

(1)　*ought to* 表示義務，責任。

1. You *ought to be* here on time.　你應該準時來到此地的。

2. He *ought to stop* smoking.　他應該戒菸。

3. We *ought to give* him another chance.　我們應該再給他一次機會。

4. He *ought not*(oughtn't) *to smoke* too much.　他不應該抽太多的香菸。

5. *Ought* he *to smoke* so much?　他應該抽這麼多香菸嗎？

注意：(a)　在省略式中，to 可以不用。例如，Yes, I think he ought(to).

(b) 在否定及問句裏，省略 to 的用法在年青人當中（包括英式及美式英語）也廣被接受。例如：We ought not (to)do such a stupid thing. Ought we(to) send him a postcard? Oughn't we(to)call the police?

(2) **ought to** 可以表示勸告。

1. You **ought to come** here more often. It's a very nice place. 你應該更常來這兒。這地方蠻不錯的。

2. You **ought to read** this book. It's really very good. 你應該唸一唸這本書。這書眞的很不錯。

3. You **ought not smoke** too much. 你不應該抽太多的香菸。

(3) **ought to** 也可用來表示推斷。

1. He's been studying very hard lately, so he **ought to pass** his exam. 他最近很用功唸書，所以他考試應該可以及格的。

2. "What time will you come home tonight?"

"I think I **ought to be** home by seven."

「今晚你什麼時候會回家？」「我想我應該（會）在七點以前回到家的。」

10.2.6.2 **need to**

否定式：**used not, usedn't**

(1) **used to** 表示過去的習慣，或過去例行的動作。

1. I **used to drink** tea; now I drink coffee.　我以往喝茶；現在喝咖啡。

2. She **used to be** interested in collecting stamps.　她以往喜歡集郵。

3. He **used to stay** up late when he was in college. 他唸大學時常常很晚才睡。

(2) 雖然我們可以用 usedn't to＋V 及 used＋NP＋V?來表示否定式及疑問式。但在現代英文中，我們更喜歡用 did not use to＋V 及 did＋NP＋use to＋V?

1. **Used** he **to smoke** a lot?　他過去常常抽很多菸嗎？

2. **Did** he **use to smoke** a lot?　（較常用）

3. He **usedn't** (used not) **to smoke** a lot. 他過去並不常抽很多菸。

4. He **did not use** to smoke a lot.　（較常用）

5. He used to smoke a lot, **didn't** he?　他以往常常抽很多菸，不是嗎？（較常用）

10.2.6.3 *dare*

否定式: **dare not, daren't**

Dare 可作情態助動詞，也可作普通動詞使用。

(1) 當情態助動詞

1. **Dare** you **talk** to him about it?　你敢對他講這件事嗎？

2.　He ***dare not*** say anything.　他什麼都不敢說。

3.　We all knew that she ***dare***(dared)***not escape.***　我
們都知道她不敢逃跑。

注意：dare not 也可作 daren't。

(2)　當普通動詞

1.　***Do*** you ***dare***(*to*)***talk*** to him about it?

2.　He ***does not dare***(*to*)***say*** anything.

3.　We all knew that she ***did not dare***(*to*)***escape.***

4.　***Did*** he ***dare***(*to*)***criticize*** his boss?　他敢批評他的
老闆嗎？

注意：一般說來，dare 當普通動詞使用是比較普遍的用法。

(3)　***dare*** 的一些特別用法：

dare 很少用於肯定句式，以下是一些特例：

1.　I ***dare*** say there will be some disagreement among
the students.(＝I suppose)　我想學生之間意見會有些
不同。

2.　He ***dared*** me to throw a stone at that man.　他向
我挑戰，要我向那個人丟石頭。(挑戰，挑激)

另外，how dare 可表示責罵、生氣。例如：

How ***dare*** you talk to me like that?　你怎麼敢這樣對我
說話？(我很生氣)

10.2.6.4　***need***

否定式: *need not, needn't*

need 可以作情態助動詞及普通動詞使用。

(1) 當情態助動詞使用時, 常用於否定句及問句。

1. *Need* I *tell* Mary?　我要告訴 Mary 嗎?

    No, you *needn't*.　不需要

    Yes, you *must*.　是的, 你要告訴她。

2. You *needn't drive* fast.　你不必開快車。

3. *Need* she *make* a copy of this document?　她需把
    這文件複印一份嗎?

但如果否定語詞不是與 need 連用之 not, 或 need 出現在問句中
之從屬子句時, need 也用於肯定式。例如:

4. You *need* never tell him the truth.　你永遠都不必把
    真相告訴他。

5. I *need* hardly say how happy I am.　我不必說我是
    多快樂了。

6. Do you think I *need* take more exercise?　你認為我
    需要多做些運動嗎?

(2) 當普通動詞用:

1. I *need to make* a copy of this paper.　我要把這篇
    論文複印一份。

2. He *doesn't need to come* early.　他不必早到。

3. *Do* you *need to know* the exact size?　你需要知道
    正確的尺碼嗎?

4. I *need* some money.　我需要一些錢。

5. We ***didn't need*** his help.　我們不需要他的幫助。

6. They ***need*** some food, ***don't*** they?　他們需要一些食物，不是嗎？

　　注意：在美式英語中，need 與 dare 相似，比較常當作普通動詞使用。事實上，對初學英文的外國學生而言，普通動詞的用法的確也是比較規律、好記。

《做練習上冊　習題 14》

第十一章

問句的形成
(Question Formation)

11.1 詞序：問句形成的重要因素(Word Order: An Important Factor in Question Formation)

　　英語問句之形成過程中，大多數都涉及詞序(word order)的改變，特別是主詞與動詞（或動詞組的第一個詞，即助動詞）的易位。通常這種變動稱爲「倒裝」(inversion)或「主詞動詞倒裝」(subject-verb inversion)。當然，英語問句的形成還有諸如疑問詞的使用，do動詞之引導(do-support)等。但主詞與動詞的倒裝可算是相當核心的變化。

　　英語問句主要有「Yes-No 問句」及「Wh-問句」（又稱「疑問詞問句」兩種。另外，句末的附加短問句(question tags)也是日常使用之問句形式之一。以下我們分別討論這三種問句的構成，以及其用法及特性。

　　至於倒裝，因爲不止用於問句，也用於副詞移至句首的用法以及連接兩個子句時相同部分省略之過程，我們不特別獨立討論。本章只

談到問句之倒裝法。

11.2 Yes-No 問句

「Yes-No 問句」的名稱是因為這種問句可以用 yes 或 no 來回答而得來。Yes-No 問句主要由動詞與主詞倒裝而成。其主要情形分下列三種。

11.2.1 含 be 動詞的句子

含 be 動詞的句子，以 be 與主詞倒裝構成 Yes-No 問句。

主詞＋be…→ Be＋主詞…?

例如:

1. ***He is*** an anthropologist.　他是一位人類學家。

   Is he an anthropologist?　他是一位人類學家嗎?

   答句是: Yes, he is.或 No, he isn't.

2. ***They are*** your classmates.　他們是你的同學。

   Are they your classmates?　他們是你的同學嗎?

   答句是: Yes, they are.或 No, they aren't.

3. ***She was*** late for classes.　她上課遲到。

   Was she late for classes?　她上課遲到了嗎?

   答句是: Yes, she was.或 No, she wasn't.

4. ***There is*** a picture on the wall.　牆上有一幅畫。

   Is there a picture on the wall?　牆上有一幅畫嗎?

5. ***It is*** likely that he will lose his job.　很可能他會失業。

Is it likely that he will lose his job? 他很可能會失業嗎?

11.2.2 含有助動詞的句子

含有助動詞的句子，以助動詞與主詞倒裝構成 Yes-No 問句:

主詞＋助動詞＋V…→助動詞＋主詞＋V…?

例如:

1. *He can* swim. 他會游泳。

    Can he swim. 他會游泳嗎?

    答句: Yes, he can.或 No, he can't.

2. *She will* be sixteen next month. 她下個月就十六歲了。

    Will she be sixteen next month? 她是不是下個月就十六歲了?

    答句: Yes, she will.或 No, she won't.

3. *They are* having dinner. 他們正在吃晚飯。

    Are they having dinner? 他們正在吃晚飯嗎?

    答句: Yes, they are.或 No, they aren't.

4. *He was* fired. 他被解僱了。

    Was he fired? 他是不是被解僱了?

    答句: Yes, he was.或 No, he wasn't.

5. *She has* arrived. 她到了。

    Has she arrived? 她是不是到了?

    答句: Yes, she has.或 No, she hasn't.

6. *He may* leave now. 他現在可以走了。

May he leave now?　他現在可以走了嗎？

7.　*He must* get there before dark.　他必須在天黑以前
到達那兒。

Must he get there before dark?　他必須在天黑以前
到達那兒嗎？

11.2.3　除 11.2.1 及 11.2.2 兩種情形以外（亦即不帶 be 動詞或助動詞）的句子

如句子中不含 be 動詞或任何助動詞時，我們需要加入與主詞在人稱及數方面一致，以及與原動詞時式一致的 do 動詞，才能構成 Yes-No 問句。

$$\text{主詞} + \begin{Bmatrix} V \\ V\text{-(e)s} \\ V\text{-ed} \end{Bmatrix} \cdots \rightarrow \begin{Bmatrix} Do \\ Does \\ Did \end{Bmatrix} + \text{主詞} + V\cdots?$$

例如：

1.　You *like* jogging.　你喜歡慢跑。

Do you *like* jogging?　你喜歡慢跑嗎？

答句：Yes, I do. 或 No, I don't.

2.　He *wrote* a paper on population problems.　他寫
了一篇有關人口問題的論文。

Did he *write* a paper on population problems?
他寫了一篇有關人口問題的論文嗎？

答句：Yes, he did. 或 No, he didn't.

3.　She *likes* fast food.　她喜歡速食。

Does she *like* fast food?　她喜歡速食嗎？

答句: Yes, she does.或 No, she doesn't.

4. They *have* two microwave ovens. 他們有兩個微波
爐。

Do they *have* two microwave ovens? 他們有兩個微
波爐嗎?

5. They *need* our help. 他們需要我們的幫忙。

Do they *need* our help? 他們需要我們的幫忙嗎?

6. We *need* to write a composition. 我們需要寫一篇作
文。

Do we *need* to write a composition? 我們需要寫一
篇作文嗎?

7. She usually *does* all the housework. 通常所有家事
都是她做的。

Does she usually *do* all the housework? 所有家事
通常都是她做的嗎?

注意: (a) have 與 do 以本義 (即「有」與「做」) 使用時, 以普
通動詞方式使用。

(b) have 表示「有」時, 英式英語可以直接用倒裝法形成
問句。例如: He has a sister.→ Has he a sister?
(或更常說成 Has he got a sister?; has got 並無
完成之語意。) 但美式英語則用 Does he have…?

(c) 回答 Yes-No 問句時, 切記肯定答句是 Yes, I do／
he does／we did 等, 而否定答句是 No, I don't／
she doesn't／they didn't 等。無論問句是肯定問句
或否定問句, 其答句之原則皆如此。絕不可說成 *

Yes, I don't 或 * No, she does 之類的句子。例如：

1. Do you like dogs? Yes, I do.或 No, I don't.

2. Don't you like dogs? Yes, I do.或 No, I don't.

Be 動詞的問句亦如是。例如：

3. Is he our new boss? Yes, he is.或 No, he isn't.

4. Isn't he our new boss? Yes, he is 或 No, he isn't.

回答例 2 時，如果你眞的喜歡狗，你就說 Yes, I do.

回答例 4 時，如他眞是新老闆，你就說 Yes, he is.

11.2.4 Yes-No 問句與語調

Yes-No 問句通常以上升語調(rising intonation)來說。例如：

1. Is he a millionaire? ↗

2. Did she switch off the radio? ↗

3. Won't you come in? ↗

4. May I say something? ↗

5. Has he done anything wrong? ↗

Yes-No 答句則用一般陳述句的下降語調(falling intonation)。例如：

6. Yes, he is. ↘ 或 No, he isn't. ↘

7. Yes, she did. ↘ 或 No, she didn't. ↘

同時，我們應注意，一個普通陳述句子，如以上升語調唸出，可以成爲 Yes-No 問句。例如：

8. You have the key? ↗

No, I don't. (I don't have the key.)

11.3　Wh-問句

　　Wh-問句又稱為「疑問詞問句」，因為這些問句含有疑問詞 what、who、whom、when、where、why、which、how 等。另外，Yes-No 問句通常是問該句所述是否屬實，因此其答句亦只要求答話的人說 "Yes" 或 "No" 就足夠。但 Wh-問句則是對主事者或受事者或動作之時間、原因、處所等有所不知而問，因此，回答時必須針對其問題（例如 what、when 等）而提供確切的答案方可。所以 Wh-問句不可以用 Yes 或 No 來作答。

　　基本上，Wh-問句形成的過程比 Yes-No 問句的過程要複雜些。包括了以下幾個步驟：(1)找出發問之點（如：何人、為何、何時、何地等）；(2)以適當的疑問詞取代發問之點；(3)疑問詞移至句首；(4)主詞動詞倒裝（如是 Be 或助動詞則 Be 或助動詞與主詞倒裝，如為普通動詞則使用適當的 do 動詞與主詞倒裝）。〔如疑問詞為主詞，Wh-問句只需第 1、2 兩步驟。〕現在以簡單例子加以說明：

1. *Someone* stole my camera.　步驟(1)

   Who stole　my camera?　(2)

2. John stole *my camera.*　(1)

   John stole *what*?　(2)

   What John stole?　(3)

   What did John steal?　(4)

3. Tom will go to New York *tomorrow.*　(1)

   Tom will go to New York *when?*　(2)

   When Tom will go to New York?　(3)

When will Tom go to New Yotk? （4）

4. Tom will go *to New York* tomorrow. （1）

Tom will go *where* tomorrow? （2）

Where Tom will go tomorrow? （3）

Where will Tom go tomorrow? （4）

當然,上述之步驟只用於分析 Wh-問句形成之過程。實際使用時,我們還是以傳統的句型方式來說明及舉例比較實用好記。

一般說來,我們可以依疑問詞所取代之語詞分為六種主要的句型。

取代之語詞	Wh-語詞
1. 主詞	who、what、which
2. 受詞	who／whom、what、which
3. 時間副詞	when
4. 地方副詞	where
5. 原因副詞	why
6. 狀態副詞	how

其中 1、2 兩型之疑問詞因為取代 NP, 因此又稱為疑問代名詞(interrogative pronouns), 3、4、5、6 四型之疑問詞因為取代副詞結構,因此又稱為疑問副詞(interrogative adverbs)。以下我們分別舉例說明這六種句型。

11.3.1 疑問詞為主詞

原句　　　　　　　　　Wh-問句

$$\text{Subj.} + \text{V} \cdots \rightarrow \quad \left\{ \begin{array}{l} \text{who} \\ \text{what} \\ \text{which} \end{array} \right\} + \text{V} \cdots ?$$

主詞動詞不倒裝。

1. *Someone* told Mary the truth.→

   Who told Mary the truth?　誰把眞相告訴 Mary?

2. *Something* happened.→

   What happened?　發生了什麼事?

3. *Either A or B* is a good solution.→

   Which is a good solution?　哪一個是好的解決辦法?

11.3.2　疑問詞爲受詞

原句　　　　　　　　　　　　　Wh-問句

$$\text{Subj.} + \begin{Bmatrix} \text{V} \\ \text{Aux} + \text{V} \end{Bmatrix} + \text{Obj.} \cdots\rightarrow \begin{Bmatrix} \text{Who} \\ \text{What} \\ \text{Which} \end{Bmatrix} + \begin{Bmatrix} \text{do} \\ \text{Aux} \end{Bmatrix} + \text{Subj.} \begin{Bmatrix} \text{V} \\ \text{V} \end{Bmatrix} \cdots?$$

主詞與動詞要倒裝。

1. Elizabeth made *a cake.*→

   What did Elizabeth make?　Elizabeth 做了什麼?

2. They will visit *their uncle* next month.→

   Who(*m*) will they visit next month?他們下個月會探望誰?

3. You like *either A or B.*→

   Which do you like?

注意: (a)　what 及 which 沒有格(case)的變化。who 的主格爲

who, 受格爲 whom。但口語中疑問詞 who 常取代

whom。在當代的美式英語中，除正式文體外，whom 的使用愈來愈少，大多數的情形都可用 who。然而，介詞後面則只能用 whom, 例如 For whom did she make this cake?

(b) 如 who、what 等取代的是主詞補語(亦即 Be 動詞後面的 NP, 或類似之補語結構)，仍應倒裝。例如：

That girl over there is *my sister.*→

Who is that girl over there?　在那邊的女孩子是誰?

His hobby is *fishing.*→

What is his hobby?　他的嗜好是什麼?

11.3.3　疑問詞為時間副詞

原句　　　　　　　　　　　　　　　Wh-問句

$$\text{Subj.}+\begin{Bmatrix} \text{be}\cdots \\ \text{Aux}+\text{V}\cdots \\ \text{V}\cdots \end{Bmatrix}+\text{時間副詞}\rightarrow \text{When}+\begin{Bmatrix} \text{be} \\ \text{Aux} \\ \text{do} \end{Bmatrix}+\text{Subj.}+\begin{Bmatrix} \cdots \\ \text{V}\cdots \\ \text{V}\cdots \end{Bmatrix}?$$

主詞動詞要倒裝。

1. She was a freshman *last year.*→

   When was she a freshman?　她什麼時候唸大學一年級? (是大一學生)

2. He will go to Hong Kong *sometime next week.*→

When will he go to Hong Kong? 他什麼時候將會去香港?

3. They graduated from college *two years ago.*→

   When did they graduate from college? 他們什麼時候大學畢業?

11.3.4 疑問詞爲地方副詞

原句   Wh-問句

$$
\text{Subj.} + \begin{cases} \text{be}\cdots \\ \text{Aux}+\text{V}\cdots \\ \text{V}\cdots \end{cases} + \text{地方副詞} \rightarrow \text{Where} + \begin{cases} \text{be} \\ \text{Aux} \\ \text{do} \end{cases} +
$$

$$
\text{Subj.} + \begin{cases} \cdots \\ \text{V}\cdots \\ \text{V}\cdots \end{cases} ?
$$

主詞與動詞要倒裝。

1. John was *in Los Angeles* last week.→

   Where was John last week? 上星期 John 在哪兒?

2. We can park our car *here.*→

   Where can we park our car? 我們可以把車子停在哪兒?

3. She put the book *on the shelf.*→

   Where did she put the book? 她把書放在哪兒?

4. They were playing *in the park.*→

   Where were they playing? 他們在哪兒玩?

5. I have put my pen *in the drawer.*→

　　　　　Where have I put my pen?　我把筆放在哪兒?

11.3.5　疑問詞為原因副詞

原句　　　　　　　　　　　　　　Wh-問句

$$\text{Subj.} + \begin{cases} \text{be} \cdots \\ \text{Aux} + \text{V} \cdots \\ \text{V} \cdots \end{cases} + \text{原因副詞} \rightarrow \text{Why} + \begin{cases} \text{be} \\ \text{Aux} \\ \text{do} \end{cases} + \text{Subj.} +$$

$$\begin{cases} \cdots \\ \text{V} \cdots \\ \text{V} \cdots \end{cases} ?$$

主詞與動詞要倒裝。

1.　He was late **for some reason.**→

　　Why was he late?　為什麼他會遲到?

2.　They will close the place **for security reason.**→

　　Why will they close the place?　他們為什麼會關閉這
　　地方?

3.　He apologized to the teacher **for handing in his
　　homework late.**→

　　Why did he apologize to the teacher?　他為什麼向
　　老師道歉?

4.　She took that course **because she was interested
　　in it.** →

　　Why did she take that course?　她為什麼要修那門
　　課?

11.3.6　疑問詞爲狀態副詞

原句　　　　　　　　　　　　　　　Wh-問句

$$\text{Subj.} + \begin{Bmatrix} \text{Aux} + \text{V}\cdots \\ \text{V}\cdots \end{Bmatrix} + 狀態副詞 \rightarrow \text{How} + \begin{Bmatrix} \text{Aux} \\ \text{do} \end{Bmatrix} + \text{Subj.} +$$

$$\begin{Bmatrix} \text{V}\cdots\cdots \\ \text{V}\cdots\cdots \end{Bmatrix}?$$

主詞與動詞要倒裝。

1. She gave us the money *reluctantly.*→

   How did she give us the money?　她怎樣把錢交給我

   們的?（不情願地）

2. They will leave the town *secretly.*→

   How will they leave the town?　他們會怎樣離開這市

   鎮?（秘密地）

3. He looked at me *suspiciously.*→

   How did he look at me?　他是怎樣看著我的?（懷疑

   地）

11.3.7　其他的一些疑問詞及用法

疑問詞在形成 Wh-問句的過程中, 除上述的幾種句型外, 還有以
下幾種用法, 值得注意。

(1)　what 與 which 可以置於名詞之前(具形容詞功用), 構成 Wh-
問句。例如:

1. *What class* do you have this afternoon?　你今天下

   午要上什麼課?

2. **What day** is today?　今天星期幾?

3. **What age** are you?　你幾歲?

4. **What problems** do you anticipate?　你預期會有什麼問題?

5. **What kind** of food do you prefer?　你比較喜歡哪一種食物?

6. **Which student** do you like better?　你喜歡哪一個學生?

(2) whose 可取代所有格語詞，構成 Wh-問句。

1. This is **John's** book.→

   Whose book is this?　這是誰的書?

2. **Someone's** car broke down.→

   Whose car broke down?　誰的車子壞了?

3. You borrowed **Mary's** typewriter.→

   Whose typewriter did you borrow?

注意: whose 也可以不帶名詞使用。例如:

   Whose is this?　這是誰的?

(3) how 可以與 old、deep、high、tall、long、wide、many、much 等語詞連用，構成詢問年齡、深度、高度、長度、數量、次數等等的 Wh-問句。

1. **How many** photos have you taken?　你拍了多少張照片?

2. **How much** milk did you drink?　你喝了多少牛奶?

3. *How old* are you?　你幾歲?

4. *How deep* is this lake?　這湖有多深?

5. *How high* is the mountain?　這山有多高?

6. *How long* is the rope?　這繩索有多長?

7. *How tall* is Mary?　Mary 有多高?

8. *How wide* is this desk?　這桌子有多寬?

另外，how 也可以與形容詞或副詞連用，構成 Wh-問句。例如:

9. *How important* is this meeting?　這會議有多重要呢?

10. *How strong* are you?　你有多強壯呢?

11. *How soon* can you come?　你能夠多快就來呢?

12. *How far* is the library?　圖書館有多遠?

13. *How well* can she sing?　她能唱得多好?

14. *How fast* can he run?　他能跑得多快?

15. *How often* does he go abroad?　他多久出國一次?

11.4　附加短問句 (Tag Questions)

附加短問句是在陳述句後面的附加短句，形式為問句。問話者通常期望答話者同意或證實(confirm)他在陳述句子中所說的話。

11.4.1　附加短問句的結構如下:

(1)　原陳述句含 Be 動詞時，否定的附加短問句(置於肯定的陳述句後面)是「BE＋not＋主詞」，肯定的附加短問句(置於否定的陳述句後面)是「Be＋主詞」。

陳述句	附加短問句
1.　He is tired,	isn't he?　他累了，不是嗎？
2.　John isn't (is not) tired,	is he?　John 不累，對嗎？
3.　They are sailors,	aren't they?　他們是水手，不是嗎？
4.　They aren't sailors,	are they?　他們不是水手，對嗎？

　(2)　原陳述句含有助動詞時，否定的附加短問句（置於肯定的陳述句後面）是「助動詞＋not＋主詞」，肯定的附加短問句（置於否定的陳述句後面）是「助動詞＋主詞」。

陳述句	附加短問句
1.　Peter will come,	won't he?　Peter 會來的，不是嗎？
2.　John won't come,	will he?　John 不會來的，對嗎？
3.　Mary has left,	hasn't she?　Mary 已經走了，不是嗎？
4.　She hasn't left,	has she?　她還沒走，對嗎？

　(3)　原陳述句含普通動詞時，否定的附加短問句（置於肯定的陳述句後面）是「DO＋not＋主詞」，肯定的附加短問句（置於否定陳述句後面）是「Do＋主詞」

陳述句	附加短問句

1.	She smokes,	doesn't she?　她抽菸, 不是嗎?
2.	She doesn't smoke,	does she?　她不抽菸, 對嗎?
3.	The man found the wahch,	didn't he?　那個男人找到那隻手錶, 不是嗎?
4.	He didn't find the watch,	did he?　他沒找到那隻手錶, 對嗎?

從以上三種句型, 我們可以綜合出以下三點共同點, 作附加短問句結構特徵的描述。

　　a.　陳述句爲否定時, 附加短問句爲肯定; 陳述句爲肯定時, 附加短問句爲否定。

　　b.　陳述句與附加短問句的主詞相同。如陳述句主詞不是代名詞時, 附加短問句之主詞爲與陳述句主詞指稱相同的代名詞。

　　c.　如陳述句本身含 Be 或助動詞, 附加短問句亦用形式相同的 Be 或助動詞; 如陳述句含普通動詞, 附加短問句則用適當形式的 Do 動詞。

11.4.2　附加短問句與語調

　　如上面所述, 附加短問句的問話者通常期望答話者同意或證實他在陳述句中所說的話。但是以不同的語調說出來時, 這種期望的強烈程度有所不同。如以上升語調(rising intonation)唸出時, 這種期望比較弱, 因此, 全句比較像一般的問句, 對話者回答 Yes 或 No 都不會引起問話者的「驚訝」。例如:

　　1. A: You're coming tomorrow, aren't you?↗

　　　　你明天會來, 是不是? (A 有點相信 B 會來, 但並不很確

定，可是期望 B 說 Yes。）

B：Yes, I am.或 No, I'm not.（A 都不會覺意外。）

但這句話如以下降語調（falling intonation）說出時，這種期望就十分強烈，如對話者不同意陳述句中所述的事時，問話者會覺得「驚訝」或感到很意外。例如：

2. A：You're coming tomorrow, aren't you? ↘

你明天會來，不是嗎？（A 相信 B 會來，而且很想他來，所以非常期望 B 說 Yes。）

B：Yes, of course, I'll be here.　是的，我當然會來。

或 B：Oh no.　I told the boss I had to leave town.　噢不。我不會來，我告訴過老闆我要到外埠去。

（B 的回答與 A 的期望相反，會使 A 覺得意外。）

我們再看一些例子：（參看 J.D. Bowen 著 *Patterns of English Pronunciation*，第七章）

問句	答句
3. A: He's going to be elected, isn't he? ↗ 他會當選的，是不是？	B: （同意）Yes, I think so. 是的，我想他會。 （不同意）No, I think he won't be. 不，我想他不會當選。
4. A: He's going to be elected, isn't he? ↘ 他會當選的，是不是？	B: （同意）Yes, of course. 當然，他會的。

他會當選的，不是嗎？

（不同意）No. On the contrary, I think he'll lose. 不，正好相反，我想他會落選。（對此回答 A 會覺得意外。）

5. A: You're not hungry, are you? ↗

你不餓，是不是？

B:（同意）No, I am not. 對，我不餓。

（不同意）Well, I could take a bite. 我可以吃一點點。

6. A: You're not hungry, are you? ↘

你不餓，不是嗎？

B:（同意）No, I just ate. 對，我剛剛才吃過。

（不同意）Indeed I am. I'm starved. 我餓，餓透了。（A 對此回答會感到意外。）

11.4.3　附加短問句的其他注意事項

(1) 如附加短問句中，不用否定略讀（寫）式 n't（例如isn't、aren't 等）時，not 應置於句末。例如：

1. He is tired, *is he not*?

2. She will come, *will she not*?

注意：口語中通常用 n't 形式。

(2) 注意以下的特別的助動詞用法：

1. Let's go, *shall we*?　我們走吧，好嗎？

2. Come in, *will you*?　進來，好嗎？

3. He used to smoke, *didn't he*?　他過去經常抽菸，不是嗎？（usedn't he?也可，但比較少用，參看 Quirk 等人，1985, § 3.44。）

4. Let's not go, *all right*?（或 *O.K.*?）　我們不要去，好嗎？

5. Don't walk out, *will you*?　不要走出去，好嗎？

《做練習上冊　習題 15》

第十二章

否定句的形成
(Negation)

12.1 否定的形式 (Forms of Negation)

英語的否定如從形式上看，可以分為 (1) 利用否定語詞 (如 not、no、never 等)，(2) 利用否定字首(negative prefixes, 如 un-、in-、dis-等) 兩種方式來構成否定句子。例如：

肯定句	否定語詞式	否定字首式
1. The answer is complete.	The answer is not complete.	The answer is in-complete.
2. The weather is favorable to our plans.	The weather is not favorable to our plans.	The weather is unfavorable to our plans.
3. The size is natural.	The size is not natural.	The size is unnatural.
4. He obeyed my orders.	He did not obey my orders.	He disobeyed my orders.

這兩種方式中，否定語詞否定法是主要的語法過程，而否定字首是構詞過程。本章以討論前者為主，後者因為否定字首數目並不是很

多，因此只作簡署的描述。

12.2　含 Be 動詞的句子

肯定句如含有 be 動詞，可以在 be 動詞後面加 not 構成否定句子。例如：

1. He *is* happy.　他快樂。

   He *is not* happy.　他不快樂。

2. She *was* in the auditorium.　她在禮堂裏。

   She *was not* in the auditorium.　她不在禮堂裏。

3. They *are* angry with you.　他們對你生氣。

   They *are not* angry with you.　他們不是對你生氣。

4. I *am* an electronic engineer.　我是一位電子工程師。

   I *am not* an electronic engineer.　我不是一個電子工程師。

5. We *were* tired.　我們累了。

   We *were not* tired.　我們不累。

Be 與 not 常可署寫（讀）：

　　　is not: isn't　　　　was not: wasn't
　　　are not: aren't　　　were not: weren't

同時 is not、are not 及 am not 也可署寫（讀）為's not、're not 及'm not。例如：

6. He *isn't* here.　他不在這兒。

   He *'s not* here.

7. She *wasn't* nervous.　她不緊張。

8. They **weren't** selfish.　他們不自私。

9. We **aren't** regular members.　我們不是一般會員。

We**'re not** regular members.

10. I **am not** a student.　我不是學生。

I**'m not** a stadent.

注意：(a)　am not 在標準英語裏除'm not 以外沒有 n't 的形式。美式英語中,不標準用法可說 ain't 代替 am not,但標準用法中不用。英式英語在否定疑問式 Am I not 可用 Aren't I?來代替。（參看第五章❶）

(b)　be 動詞的 ing 形式及不定詞形式的否定,以 not 加於前面。如: He blamed her for not being careful enough.（他怪她不夠小心）; Tell him not to be late.（叫他不要遲到。）

12.3　含助動詞的句子

含助動詞的句子在助動詞後面加 not（亦卽在動詞片語的第一個字後面加 not）,構成否定句。助動詞包括主要助動詞 be、have 以及情態助動詞。例如:

1. He **is washing** his hands.　他正在洗手。

He **is not washing** his hands.　他不是在洗手。

2. She **was criticized** by her friends.　她被她的朋友批評。

She **was not criticized** by her friends.　她沒有被她的朋友批評。

3. We *have finished* washing the dishes. 我們已經洗好碗盤了。

We *have not finished* washing the dishes. 我們還沒洗好碗盤。

4. They *will arrive* on time. 他們會準時到達。

They *will not arrive* on time. 他們不會準時到達。

5. I *can stay* here for a week. 我可以在這兒待一個星期。

I *cannot stay* here for a week. 我不可以在這兒待一個星期。

6. You *may come* in. 你可以進來。

You *may not* come in. 你不可以進來。

助動詞與 not 常可畧寫 (讀)：

have not: haven't; 've not

has not: hasn't; 's not

had not: hadn't

cannot: can't (can not 通常拼在一起成 cannot)

could not: couldn't

may not: mayn't (美式英語幾乎完全不用)

might not: mightn't

must not: mustn't

shall not: shan't (美式英語幾乎完全不用)

should not: shouldn't

will not: won't

would not: wouldn't

ought not：oughtn't

used not：usedn't

dare not：daren't

need not：needn't

例如：

7. Don't worry. He **won't** blame you for being late. 別擔心，他不會怪你遲到的。

8. You **mustn't** leave the door unlocked. 你不可以不鎖門。

9. We **haven't** seen Tom lately. 我們最近沒有見過 Tom.

10. You **shouldn't** smoke here. 你不應該在此抽菸。

11. She **needn't** change her clothes. 她不必換衣服。

12. I **can't** answer your question. 我不能回答你的問題。

12.4　只含普通動詞的句子

如句子不含助動詞或 Be 動詞，句子中的普通動詞不能直接加 not 來否定。需要加適當形式的 do 動詞，再加 not 方能形成否定句。例如：

1. I **want** to apply for admission to that university. 我想申請那所大學的入學許可。

   I **do not want** to apply for admission to that university. 我不想申請那所大學的入學許可。

2. She *likes* phonology. 她喜歡音韻學。

She *does not like* phonology. 她不喜歡音韻學。

3. They *plan* to specialize in English for Specific Purposes. 他們打算專攻「特殊目標英語」。

They *do not plan* to specialize in English for Specific Purposes. 他們並不打算專攻「特殊目標英語」。

4. He *lost* two hundred dollars. 他失去了兩百元。

He *did not lose* two hundred dollars. 他沒有失去兩百元。

同樣地，do 等＋not 也常可署寫（讀）：

do not: don't

does not: doesn't

did not: didn't

5. I smoke. 我抽菸。

I *don't* smoke. 我不抽菸。

6. She likes literature. 她喜歡文學。

She *doesn't* like literature. 她不喜歡文學。

7. They arrived on time. 他們準時到達。

They *didn't* arrive on time. 他們沒有準時到達。

從以上的例句看來，我們可以歸納出以下的對應規律。

肯定句		否定句
Subj.＋V…	⟶	Subj.＋do＋not＋V…
Subj.＋V-(e)s…	⟶	Subj.＋does＋not＋V…
Subj.＋V-ed…	⟶	Subj.＋did＋not＋V…

12.5　No、Not＋(a) NP、Never、None 等

以上各節(12.2—12.4)中之否定句都是以 not 直接與述語動詞組 (predicate verb phrase)連用而成。因此有些文法書也稱之爲「動詞否定法」(verb negation)。無疑地, 動詞組加 not 是最普遍的否定法。然而, 英語除這種否定以外, 還可以利用其他的語詞來構成否定句。這種語詞大致可分兩種, 其中 no、not＋(a) NP、none、never 等在本節討論, 另一種如 seldom、scarcely、hardly 等則在下一節討論。

no、not＋(a) NP、none、never 及 neither 在形式及語意方面都是否定的語詞。可以用於句子中, 形成否定句。例如:

1. **_No_** honest man would lie.　誠實的人不說謊。

2. **_No_** one is here.　沒有人在這兒。

3. She is **_no_** friend of yours.　她不是你的朋友。

4. I see **_no_** dogs here.　我在這兒沒看到狗。

5. They are **_no_** longer in college.　他們已經不在大學唸書了。

6. This is **_no_** good.　這不好。

7. He would say **_not_** a word.　他一句話也不說。

8. Tom wasted **_not_** a minute.　Tom 一分鐘也不浪費。

9. **_Not_** many people have come.　沒有很多人來。

10. **_Not_** one guest arrived on time.　沒有一個客人準時到。

11. **_None_** of us wanted to go to the library.　我們當中沒有人想到圖書館去。

12. **None** of the typewriters is/are working. 沒有一部打字機是可用的。

13. **Neither** of them wanted to leave. 他們兩人都不想離開。

14. I will **never** trust them again. 我再也不會相信他們。

15. She **never** gets up early in the morning. 她早上從不早起。

從上面例子中，我們可以觀察到 no 可直接修飾名詞，但 not 不可，not 常加 a 之後才與名詞組連用。

關於 no 與 not 之用法，還有以下兩點應注意事項：

(1)「no＋名詞」與動詞否定法的「動詞組＋not」有時候有不同的含意。He is not a linguist 只是陳述「他不是一個語言學家」這事實。但如果說 He is no linguist 則除了字面意思以外，還有「他不具備當語言學家所應有的資格與能力」的含義，因此語氣含輕視之意。She is no teacher 含「她算不上是老師」「沒有當老師的能力與資格」之意。

(2) 除了少數如 no good、no different 等定形片語以外，no 修飾形容詞時只修其比較級。例如：

If our plan is not good, theirs will be **no better**. 如果我們的計劃不好，那麼他們的也不會比我們的好。

其他例子如 no worse、no more awkward、no sweeter、no less intelligent 等。

12.6　Seldom、Rarely、Hardly 等

seldom、rarely、scarcely、hardly、barely、little、few 等詞語其形式並非否定，但語意卻爲否定。這些詞語也可以使句子成爲否定句。例如：

1. I *seldom* go fishing.　我很少去釣魚。

2. *Hardly* anyone wants to participate in the speech contest.　幾乎沒有人想參加演講比賽。

3. He *hardly* ate anything.　他幾乎沒吃東西。

4. This room is *barely* furnished.　這房間幾乎沒什麼家具。

5. He speaks *scarcely* a word of French.　他幾乎連一個法文字都不會講。

6. She *rarely* supports her arguments with facts.　她很少以事實來支持她的論證。

7. We can expect *little* help from Larry.　我們不能期望 Larry 給我們多少幫助。

8. He has *little* interest in genetic engineering.　他對遺傳工程學沒什麼興趣。

9. *Few* of the guests were having fun.　沒幾個客人玩得開心。

10. I have very *few* books on aerodynamics.　有關空氣動力學的書我沒有多少本。

12.7 否定句與非肯定語詞(Negation and Non-assertive Items)

傳統的不定代名詞、不定形容詞及不定副詞(Indefinite Pronouns、Adjectives、Adverbs)指的是類似 some、any、no something、anything、nothing、somewhere、anywhere、nowhere、either、neither 等語詞。這些語詞如果以其「語氣」的肯定與否來分,可以分成「肯定」(assertive)、「非肯定」(Non-assertive)與「否定」(negative)三種項目。肯定項目如 some、someone 等,非肯定項目如 any、anyone 等,否定項目如 no、no one 等。其中肯定項目與否定項目與肯定的動詞連用,而非肯定項目(any、anyone 等)與否定動詞連用。

1. He ***had some*** money. (錢是有的,數目沒說明)
2. He ***didn't have any*** money.
3. He ***had no*** money.

從例 1-3 看來,含肯定語氣的不定代名詞／不定形容詞／不定副詞的句子可以有兩種相對應的否定句。這兩種否定句通常以 not＋非肯定項目比較口語化及普遍。以下是常用的「不定語詞」:

肯定項目	非肯定項目	否定項目
some（形容詞／定詞）	any	no
some（代名詞）	any	none
one or the other	either	neither
something	anything	nothing

somebody	anybody	nobody
someone	anyone	no one
somewhere	anywhere	nowhere
somehow	in any way	in no way
sometime(s)	ever	never
always	ever	never
still	any more/any longer	no more/no longer
already	yet	
as well, too	either	
to some extent	at all	

這些項目的用法與對應的關係如下：

1. I have **some** money.　（肯定）

   I don't have **any** money.　（非肯定）

   I have **no** money.　（否定）

2. He's had **some**.　（肯定）

   He hasn't had **any**.　（非肯定）

   He has had **none**.　（否定）

3. I saw either **one or the other** of the children. （肯定）

   I didn't see **either** of the children.　（非肯定）

   I saw **neither** of the children.　（否定）

4. She wanted **something**.　（肯定）

   She didn't want **anything**.　（非肯定）

   She wanted **nothing**.　（否定）

5. I saw **somebody/someone.** （肯定）

    I didn't see **anybody/anyone.** （非肯定）

    I saw **nobody/no one.** （否定）

6. He'll go **somewhere.** （肯定）

    He won't go **anywhere.** （非肯定）

    He'll go **nowhere.** （否定）

7. She will finish her job **somehow.** （肯定）

    She won't **in any way** finish her job. （非肯定）

    She will **in no way** finish her job. （否定）

8. He **sometimes/always** drinks tea. （肯定）

    He doesn't **ever** drink tea. （非肯定）

    He **never** drinks tea. （否定）

9. He is **still** here. （肯定）

    He is not here **any longer/any more.** （非肯定）

    He is no **longer** here. （否定）

10. They have **already** come. （肯定）

    They haven't come **yet.** （非肯定）

11. I like rabbits, **too.** （肯定）

    I don't like rabbits **either.** （非肯定）

12. She is happy **to some extent.** （肯定）

    She isn't happy **at all.** （非肯定）

一般說來，如上面所述 not＋非肯定項目的說法比較通俗及口語化。

12.8　Not 代表否定的子句

在動詞 hope、think、believe、am afraid、guess、hear、say 等動詞後面，not 可以代表一個否定的子句，作動詞的受詞。例如：

1. A: Will he come tonight?　他今晚會來嗎？

   B: I hope *not.*　我希望他不來。(＝I hope that he won't come tonight.)

2. A: Are we going to have a meeting next Tuesday?　我們下星期二是否要開會？

   B: I guess *not.*　我猜不會。(＝I guess that we are not going to have a meeting next Tuesday.)

3. A: They say the boss will give us a raise next month.　他們說老闆下月會加我們的薪水。

   B: I'm afraid *not.*　恐怕不會。(＝I'm afraid that he won't give us a raise.)

12.9　否定副詞結構移前與倒裝　(Preposed Negative Adverbials and Inversion)

否定副詞結構如移至句首時，動詞與主詞要倒裝。例如：

1. Never *will I* make the same mistake again.　我再也不會犯同樣的錯誤。

   (I will never make the same mistake again.)

2. No longer **are they** living here. 他們再也不住在此地。

(They are no longer living here.)

3. Under no circumstances **will I** approve this project. 任何情況下，我都不會批准這計劃。

(I will under no circumstances approve this project.)

4. Seldom **do I** go fishing. 我很少去釣魚。

(I seldom go fishing.)

5. Scarcely **do they** seem to care. 他們似乎不在乎。

(They scarcely seem to care.)

12.10 含 No、hardly 等否定語詞之句子之附加短問句

含有 no、hardly 等否定語詞的句子 (雖然其動詞為肯定式)，因為實際語意是否定，所以如要有附加短問句時，要用肯定式的附加短問句。例如：

1. They **scarcely** seem to care, **do they?** 他們似乎不在乎，對嗎？'

2. I **hardly** have any time, **do I?** 我幾乎沒時間，對嗎？

3. **Under no circumstances** will I approve this project, **will I?** 任何情況下，我都不會批准這計劃，對嗎？

12.11　否定字首(Negative Affixes)

英語中，常用的否定字首有 dis-、un-、in-、non-及 a-。例如：

un-:

fair　公平	unfair　不公平
kind　仁慈	unkind　不仁慈
friendly　友善	unfriendly　不友善
wise　聰明	unwise　不聰明
avoidable　可避免的	unavoidable　不可避免的
expected　預料中的	unexpected　意料以外的
happy　快樂	unhappy　不快樂
scientific　科學的	unscientific　不科學的

等

dis-:

agree　同意	disagree　不同意
obey　服從	disobey　不服從
loyal　忠心	disloyal　不忠心
order　秩序	disorder　紊亂(沒秩序)
use　用	disuse　不用
content　滿足	discontent　不滿

等

in-:　(含 ir-, il-, im-)

expensive　貴	inexpensive　不貴
complete　完整	incomplete　不完整

attention	注意	inattention	不注意，不專心
correct	正確	incorrect	不正確
regular	規則	irregular	不規則
legal	合法	illegal	不合法
direct	直接	indirect	間接
secure	安全	insecure	不安全
possible	可能	impossible	不可能
movable	可移動的	immovable	不可移動的

等

non-:

smoker	抽菸者	non-smoker	不抽菸者
aligned	結盟的	non-aligned	不結盟的
alphabetical	字母的	non-alphabetical	非字母的
perishable	易壞的	non-perishable	不易壞的
trivial	瑣碎的	non-trivial	非瑣碎的
scientific	科學的	non-scientific	非科學的

等

　　（注意：unscientific「不科學的」與 non-scientific「非科學的」之間的分別。non-scientific 表示二元的對立，中間沒有「程度」上之分段，如用 rather（程度副詞）去修飾這兩個字時，我們可以看出其區別。我們可以說"rather unscientific"（相當／頗為不科學），但不大可能說"?*rather non-scientific"（?*相當／頗為非科學）。其他類似的例子如 unEnglish vs. non-English, unAmerican vs. non-American 等。

a- :

moral	能辨是非的	amoral	不知是非的
periodic	週期性的	aperiodic	非週期性的

等

《做練習上冊　習題 16》

第十三章

名　詞
(Nouns)

13.1　簡介人稱、數、格及性　(A Brief Note on Person、Number、Case、and Gender)

英語的名詞及代名詞具有好幾種在構詞及文法上的特性，就是人稱(person)、數(number)、格(case)及性(gender)。這些特性，無論是其本身詞形上的要求，或是語意上的表達，或是與句中其他語詞的呼應(如主詞動詞的一致)，都構成英語文法中重要的一部分。因此，在討論名詞（本章）及代名詞（下一章）之前，我們以簡單的方式，說明這幾種特性。

13.1.1　人稱(Person)

人稱可分三種：

第一人稱(first person)：　說話者

第二人稱(second person)：聽話者　（對話者）

第三人稱(third person)：　談及者

人稱在代名詞中有明顯的詞形區別，因此，英文有人稱代名詞 (personal pronouns)，分爲第一人稱的 I、we，第二人稱的 you 及第三人稱的 he/she/it。

但英語之名詞並沒有詞形上的變化。一般說來，除了在直接稱謂所用的名詞，或與第一人稱代名詞同位的同位語以外，名詞都是第三人稱。例如：

1. *Students* should do their homework. 學生應該做功課。

2. *Rare books* are expensive. 稀有書籍是昂貴的。

用於直接稱謂之名詞可作第二人稱，例如：

3. I'd like to have a word with you, *John*? John, 我想跟你談一談。

第一人稱代名詞之同位語可作第一人稱。例如：

4. We young people like pop music. 我們年青人喜歡流行音樂。

另外，人稱的不同也與動詞的用法有關。Be 動詞的形式與人稱有關。第一人稱 am (was)、第二人稱 are (were)、第三人稱 is (was)。至於普通動詞，除主詞爲第三人稱單數時，動詞要加詞尾-s 外，其餘都沒有詞形變化。

13.1.2 數(Number)

英語在數方面只區別表示「一」的單數(singular number)以及表示「多於一」的複數(plural number)。在代名詞方面，人稱代名詞及指示代名詞有數的區別，如 I 與 we; this 與 these 等（詳見第十四章）。

　　至於名詞方面，數的區別比較複雜。基本上複數的形成分爲規則與不規則兩種。規則的複數以加詞尾-s 形成。不規則的複數則有好幾種方式（詳見下文 13.3 節）。

　　對 Be 動詞而言，主詞的數不同時，會有不同的形式。對普通動詞而言，只有在主詞爲第三人稱單數時，才有詞形的變化。(動詞要加詞尾-s)

13.1.3　性(Gender)

英語文法上的性(gender)可分爲：

(1)　陽性　(masculine gender)　指雄性的人或動物名詞。

(2)　陰性　(feminine gender)　指雌性的人或動物名詞。

(3)　中性　(neuter gender)　指無性別可分及無生命事物的名詞。

(4)　通性　(common gender)　指可指雄性或雌性的人或動物的名詞。

　　第(1)類名詞如 boy、son、man、John、uncle 等。第(2)類名詞如 girl、daughter、woman、Mary、aunt 等。第(3)類名詞如 desk、chair、watch、lamp、thought、typewriter 等。第(4)類名詞如 student、child、boss、teacher、pupil、driver、parent、worker、Chinese、servant 等❶。(關於名詞的性，詳見下文 13.4 節)

　　代名詞只有第三人稱單數在詞形上有性的區別，he/him/his(陽性)，she/her (陰性)。

13.1.4 格(Case)

英語文法上有三種格(case)。格通常表示名詞與動詞、介詞以及其他名詞之間的關係。「主格」(nominative case)名詞指句子的主詞、主詞補語或與主詞作用相等之語詞（如主詞同位語，直接稱謂等）之名詞。

「受格」(accusative case)名詞指句子的受詞、受詞補語、介詞受詞或與受詞作用相等之語詞（如受詞同位語）之名詞。

「所有格」(possessive case)名詞置於另一名詞前面，表示所有者或領屬者。（關於名詞的格，詳參看以下第 13.5 節）

名詞只有所有格在詞形上有區別。主格與受格詞形不變。

至於代名詞，只有人稱代名詞以及關係代名詞（及疑問代名詞）中的 who 在詞形上具有格的區別，其他各類代名詞均無格的詞形變化。

13.2　名詞的種類　(Classes of Nouns)

在傳統文法裏，名詞的定義是：人、地、事、物等的名稱。這種觀念上以語意爲主的定義雖然流傳已久，但有其不理想之處，因爲有很多名詞談不上是什麼名稱。因此，也有不少文法書，以純文法功能及詞形來下定義，認爲名詞在文法功能上常作主詞用，在詞形上有單複數及所有格的變化，其前面常與定詞(determiners，如 a、an、the、this、those、your、his 等) 連用。因此，具有這種文法特性的詞稱爲名詞。在實用的層面上，我們認爲這兩種定義（觀念上及形式上）

各有優點，可互相補充不足之處，因此我們兩種定義均予以肯定。

根據 Quirk 等人(1985)的分析，英語之名詞可分爲「普通名詞」(common nouns)與「專有名詞」(proper nouns)兩大類。專有名詞基本上是指特別的人名（如 John、Mary、Mr. Smith、Mrs. Wang、Washington 等）、地名（如 New Jersey、Hong Kong、Taipei、Los Angeles 等）、月份名稱（如 March、June、September、November 等）、星期內各天的名稱（如 Sunday、Tuesday 等）、節慶名稱（如 Easter、Christmas 等），以及雜誌名稱（如 Time、Newsweek 等）等等。

除專有名詞以外的名詞都是普通名詞，普通名詞又可分爲可數名詞(count noun)與不可數名詞(non-count noun)兩種。不可數名詞包括抽象名詞與物質名詞，不可數名詞以外的名詞爲可數名詞。另外，專有名詞本質上表示特定的某一人或地等，沒有複數形式（轉用爲普通名詞的情況時則例外）。

13.2.1　普通名詞(Common Nouns)

上面我們說過，專有名詞以外的名詞都稱爲普通名詞。但普通名詞中又可再分爲類似 boy、house、book 等可數名詞以及類似 iron、water、courage、music 等不可數名詞。可數名詞與不可數名詞最大的區別是在形式上，可數名詞可以有複數形式(plural form)，但不可數名詞則無。因此，討論可數名詞時，必須與名詞的「數」(number)一起並論。

13.2.1.1　名詞的數與可數名詞(Number of Nouns and Count

Nouns)

在觀念上，凡是表示具體、可數之人、地、事、物，或是不見得具體但可以分開並個別化或個體化(individuate)的事或概念，都是普通名詞。在形式上，凡是可數名詞都可以有複數形式。例如，我們可以說：

單數	複數	
a book	two books	
a boy	two boys	
an office	two offices	具體，可數
one apple	two apples	
a cat	three cats	
a problem	two problems	
a difficulty	many difficulties	不具體，可個別化
a suggestion	two suggestions	

普通名詞複數形成可分規則與不規則變化兩種：

(1) 規則複數：

A. 大多數名詞可在其單數形式後加詞尾(suffix)-s，形成複數。例如：

單數	複數		單數	複數	
book	books	書	room	rooms	房間
apple	apples	蘋果	cap	caps	帽子
pen	pens	筆	cat	cats	貓
desk	desks	桌子	actor	actors	演員

pencil	pencils	鉛筆	game	games	遊戲
dog	dogs	狗	cab	cabs	計程車
bud	buds	花蕊	girl	girls	女孩

B. 名詞字尾的發音是/s/、/z/、/ʃ/、/ʒ/、/tʃ/及/dʒ/，加字尾 -es 而形成複數。〔注意：這些發音又稱爲 sibilant「嘶音」，在拼寫法上，常由 s、z、x、sh、ch、ge 等字母代表〕例如：

單數	複數		單數	複數	
rose	roses	玫瑰	box	boxes	箱子
bus	buses	公車	bridge	bridges	橋
buzz	buzzes	嗡嗡聲	ditch	ditches	溝
church	churches	敎堂	brush	brushes	刷子
village	villages	鄉村	garage	garages	車庫

注意：字尾 ch 如唸/k/時，加 s。例如：stomach「胃」，stomachs。

C.

① 名詞字尾如爲子音＋y 時，y 改成 i 再加 es。例如：

單數	複數		單數	複數	
baby	babies	嬰兒	copy	copies	副本
century	centuries	世紀	country	countries	國家
family ❷	families	家庭	sky	skies	天空
quality	qualities	品質	fly	flies	蒼蠅

② 字尾為母音＋y 者，加 s。例如：

單數	複數		單數	複數	
key	keys	鑰匙	day	days	天
monkey	monkeys	猴子	boy	boys	男孩

注意：字尾為 y 的專有名詞如要表示複數，加 s。例如 two Marys「兩個瑪莉」；two Germanys「兩個德國」。

D. 字尾為 o 的名詞，其複數有下列三種情形。

① 加-s 者。例如：

單數	複數		單數	複數	
radio	radios	收音機	studio	studios	攝影室
bamboo	bamboos	竹	zoo	zoos	動物園
piano	pianos	鋼琴	photo	photos	照片
kilo	kilos	公斤	memo	memos	便條
Filipino	Fililipinos	菲律賓人			
Eskimo	Eskimos	愛斯基摩人			

② 加-es 者，例如：

單數	複數		單數	複數	
hero	heroes	英雄	potato	potatoes	馬鈴薯
echo	echoes	回聲	domino	dominoes	骨牌
tomato	tomatoes	蕃茄	torpedo	torpedoes	魚雷

| embargo | embargo-es | 禁運 | veto | vetoes | 否決 |
| negro | negroes | 黑人 | | | |

③ 加-s 或-es 均可者，例如：

單數	複數		單數	複數	
buffalo	buffalos	水牛	cargo	cargos	貨物
	buffaloes			cargoes	
mosquito	mosquitos	蚊子	volcano	volcanos	火山
	mosquitoes			volcanoes	
archipalo-go	archipalog-os	群島	motto	mottos	座右銘
	archipalog-oes			mottoes	
banjo	banjos	班究琴	tornado	tornados	旋風
	banjoes			tornadoes	

注意：這三類情形的名詞並不容易歸納出實用而好記的法則。
如有疑慮時，最好的方法就是查字典。

E. 字尾發音爲/f/者，如拼寫爲 f 或 fe，把 f 改成 v，加 es。
例如：

單數	複數		單數	複數	
wife	wives	妻子	knife	knives	刀子
life	lives	生命	thief	thieves	小偷
shelf	shelves	架子	wolf	wolves	狼

leaf	leaves	葉	half	halves	半
loaf	loaves	條，塊	（麵包）		

注意1.：例外情形有

(a)只加-s 者，如：

belief	beliefs	信仰	chief	chiefs	主管
cliff	cliffs	懸崖	safe	safes	保險箱
proof	proofs	證據	roof	roofs	屋頂
handker- chief	handker- chiefs	手帕			

(b)　加-s 或變-ves 均可者，如：

dwarf	dwarfs	dwarves	侏儒
hoof	hoofs	hooves	蹄
scarf	scarfs	scarves	圍巾
wharf	wharfs	wharves	碼頭

注意 2.：如有疑慮，最穩妥的方法是查字典。

F.　有少數字在加複數詞尾時，要重複最後一字母。例如：

fez	fezzes	土耳其帽
quiz	quizzes	小考，測驗

G.　字母，畧語，或數目字之複數加's。例如：

one q	two	q's
one PhD	three	PhD's

1980's

注意：(a) 數詞與畧語之 apostrophe（'）在當代用法中常可省
畧如 1980 s, PhDs。

(b) 有些畧語只加 s, 例如 lb、lbs.（磅）、hr.、hrs.（hour）
yr.、yrs.（year）等。有些畧語單複數形式一樣，例如
ft.（foot, feet）、in.（inch, inches）、cm.（centi-
meter, centimeters）。

(2) 規則複數詞尾-s 或-es 的發音

A. 單數名詞字尾發/s/、/z/、/ʃ/、/ʒ/、/tʃ/、/dʒ/等噝音時，-s
或-es 發/ɪz/。例如：

bus /-s/	buses /-ɪz/
buzz /-z/	buzzes /-ɪz/
toothbrush /-ʃ/	toothbrushes /-ɪz/
garage /-ʒ/	garages /-ɪz/
church /-tʃ/	churches /-ɪz/
bridge /-dʒ/	bridges /-ɪz/

B. 單數名詞字尾發無聲子音（或稱「清子音」voiceless con-
sonant），而又不屬於噝音時，複數-s 唸/s/。例如：

hope /-p/	hopes /-s/
coat /-t/	coats /-s/
desk /-k/	desks /-s/
cliff /-f/	cliffs /-s/
month /-θ/	months /-s/

注意: (a) 單數爲-f結尾而複數變成-ves者，發/-z/。例如
wife/-f/ wives/-vz/

(b) 注意下列例外情形: house/-s/、houses/-zɪz/;
mouth/-θ/、mouths/-ðz/; path/-θ/、paths/-ðz/;
truth/-θ/、truths/-ðz/; oath/-θ/、oaths/-ðz/。

C. 單數名詞字尾爲母音或有聲子音（或稱「濁子音」voiced
consonants），而又不屬於嘶音時，複數-s唸/-z/。例如:

cab	/-b/	cabs	/-z/
bud	/-d/	buds	/-z/
dog	/-g/	dogs	/-z/
cave	/-v/	caves	/-z/
doll	/-l/	dolls	/-z/
dollar	/-r/	dollars	/-z/
game	/-m/	games	/-z/
pen	/-n/	pens	/-z/
king	/-ŋ/	kings	/-z/
sea	/-i/	seas	/-z/
family	/-ɪ/	families	/-z/
day	/-e/	days	/-z/
potato	/-o/	potatoes	/-z/
shoe	/-u/	shoes	/-z/

(3) 不規則複數

A. 以母音變化(mutation)形成複數。例如：

單數	複數		單數	複數	
man	men	男人	woman	women	女人
foot	feet	脚	tooth	teeth	牙齒
goose	geese	鵝	louse	lice	蝨子
mouse	mice	老鼠			

B. 有些名詞加-en 形成複數。例如：

單數	複數		單數	複數	
ox	oxen	公牛	child	children	小孩
brother	brethren	兄弟			

C. 有些名詞單數複數形式相同，也稱爲「零複數」(zero plural)。

① 有些動物的名詞, 如：fish 魚、deer 鹿、sheep 綿羊、reindeer 馴鹿、shrimp 蝦、herring 靑魚、cod 鱈魚等。

注意：除 fish、deer 與 cod 以外, 其他的動物名詞常可有規則的複數形式。

② 國籍名詞中-ese 字尾者, 如：

Chinese	中國人	one Chinese、two Chinese
Japanese	日本人	one Japanese、two Japanese
Porthguese	葡萄牙人	one Portaguese、two Portuguese
Lebanese	黎巴嫩人	one Lebanese、two Lebanese
Vietnamese	越南人	one Vietnamese、two Vietnamese

另外 Swiss 瑞士人亦為「零複數」。

③ 一些數量詞如 dozen、hundred、thousand、million 等
如其前面另有數詞修飾時，其複數不加-s。例如

> two dozen eggs 二打蛋
>
> three thousand people 三千人
>
> four hundred times 四百倍
>
> five million dollars 五百萬元
>
> We want six hundred. 我們要六百
>
> I want ten thousand. 我要一萬
>
> They only want two million(s). 他們只想要二百
>
> 萬。(million 如果後面沒有其他名詞時，可加-s)
>
> 200 head of cattle 兩百頭牲口
>
> 50 horsepower 50 匹馬力

另外，如名詞前面加數詞，但這名詞組作修飾語用，則該名詞也
不加-s。例如：

> a ten-story building 十層的樓房
>
> a two-month holiday 兩個月的假期
>
> a five-hour speech 一場五個鐘頭的演說。

④ 其他一些單複數形式相同的名詞，如：

craft	船;	aircraft	飛機
spacecraft	太空船;	hovercraft	氣墊船
data	資料;	offspring	後代
series	系列;	species	物種等

D. 外來名詞(foreign nouns)

英語中有些從拉丁文、希臘文、法文、意大利文等借用(loans)的名詞。這些名詞有些成爲英文中常用語詞，其複數形式常有兩種，一種是外來字的複數，另一種是以英文規則詞尾-s，-es 而形成的複數。外來複數形式大多用於正式與技術性質的文字中，而英文複數形式則用於平常的使用場合。例如：formula「公式」的複數可以是：formulas(英文複數，一般用法)；formulae(外來複數，正式及技術性或學術性的文章)。

① 從拉丁文而來，字尾是-us 的字，複數爲-i ([aɪ])：

單數	複數(foreign)	(English)
alumnus （男）校友	alumni	
locus 部位	loci	
stimulus 刺激	stimuli	
focus 焦點	foci	focuses
nucleus 核心	nuclei	nucleuses
syllabus 課程進度表	syllabi	syllabuses

但

單數	複數(foreign)	(English)
campus 校園		campuses
bonus 紅利		bonuses
aparatus 裝置		aparatuses
virus 病毒		viruses
circus 馬戲團，圓形劇場		circuses

② 從拉丁文而來，字尾是-a，其複數爲-ae ([i])：

單數	複數(foreign)	(English)
alumna （女）校友	alumnae	
alga 海藻	algae	
larva 幼蟲	larvae	
atenna 天線	atennae	atennas
formula 公式	formulae	formulas

但

area 區域		areas
diploma 畢業證書		diplomas
drama 戲劇		dramas
era 時代		eras
arena 競技場		areas

③ 從拉丁文而來，字尾爲-um，複數爲-a（[ə]）。

單數	複數(foreign)	(English)
curriculum 課程	curricula	(curriculums)
baterium 細菌	bateria	
maximum 最大	maxima	maximums
medium 媒介	media	mediums
minimum 最小	minima	minimums
spectrum 譜	spectra	spectrums
symposium 討論會	symposia	symposiums

但

stadium 運動場	(stadia〔少用〕)	stadiums
forum 論壇	(fora〔少用〕)	forums

④ 從拉丁文而來，字尾是-ex, -ix，複數爲-ices ([-ɪsiz])

單數	複數(foreign)	(English)
index 索引	indices	indexes
appendix 附錄	appendices	appendixes
matrix 矩陣	matrices	matrixes
apex 頂點	apices	apexes

⑤ 從希臘文而來，字尾爲-is ([ɪs])，複數形式爲-es ([iz])。

單數	複數(foreign)	(English)
analysis 分析	analyses	
axis 軸	axes	
basis 基礎	bases	
crisis 危機	crises	
diagnosis 診斷	diagnoses	
ellipsis 省畧	ellipses	
hypothesis 假設	hypotheses	
emphasis 重點	emphases	
oasis 綠洲	oases	
parenthesis 括號	parentheses	
thesis 論文	theses	

但

metropolis 首都		metropolises

⑥ 從希臘文而來，字尾爲-on ([ən])，複數形式爲-a ([ə])。

單數	複數(foreign)	(English)
criterion 標準	criteria	criterions
phenomenon 現象	phenomena	phenomenons

但

單數	複數(foreign)	(English)
electron 電子		electrons
neutron 中子		neutrons
proton 質子		protons

⑦　從法文而來的字。

單數	複數(foreign)	(English)
bureau 局	bureaux	bureaus
adieu 再見	adieux	adieus
corps 軍隊 [kɔr]	corps[kɔrz]	

⑧　從意大利文而來，字尾為-o ([o])，其複數為-i ([ɪ])。

單數	複數(foreign)	(English)
tempo 速度	tempi	tempos
virtuoso 大師	virtuosi	virtuosos

但

單數	複數(foreign)	(English)
solo 獨唱		solos
soprano 女高音		sopranos

E.　複合名詞的複數(plurals of compounds)

①　複合名詞最常用的複數形式是在最後一字加複數詞尾，變成複數。

單數	複數
babysister 臨時保姆	babysisters
bookstore 書店	bookstores
bookshelf 書架	bookshelves
breakdown 分類	breakdowns
assistant manager 副理	assistant managers
assistant director 助理主任 (副主任)	assistant directors
chairman 主席	chairmen
policeman 警察	policemen
Frenchman 法國人	Frenchmen
close-up 特寫	close-ups
grown-up 成人	grown-ups
take-off 起飛	take-offs
gin-and-tonic 檸檬水加琴酒 (飲料的一種)	gin-and-tonics
forget-me-not 勿忘草	forget-me-nots
mouthful 滿口	mouthfuls(有時也可 mouthsful)
spoonful 滿匙	spoonfuls（有時 spoonsful）

② 複合名詞含有後位修飾語(postmodifier)或詞末介副詞
(final particle)時，第一個字變複數。

單數	複數
notary public 公證人	notaries public

mother-in-law 岳母	mothers-in-law
commander-in-chief 總司令	commanders-in-chief
attorney general 首席檢察官	attorneys general
court martial 軍事法庭	courts martial

注意: mother-in-law, court martial 與 attorney general 也可在最後一字後加-s。

③ 同位複合名詞(appositional compounds)如第一字是 man, woman, 則兩字都變複數。

單數	複數
manservant 男僕人	menservants
woman doctor 女醫生	women doctors

注意: 如兩字並非同位語時, 則最後一字變複數, 如 man-eater「食人者」/man-eaters; woman-hater「恨女人的人」/woman-haters。

(4) 數方面應注意的事項

A. 有些字字尾為-s, 但通常只作單數用:

news 消息

學科名稱: mathematics 數學、physics 物理、acoustics 聲學、economics 經濟學、phonetics 語音學、politics 政治學、statistics 統計學等。

疾病名稱: measles 痲疹、mumps 腮腺炎。

遊戲運動名稱: billiards 撞球、darts 擲鏢。

1. Here's the local *news.* 這是本地新聞。

2. ***Physics*** is his favorite subject. 物理是他喜愛的
學科。

3. ***Statistics*** is a branch of mathematics. 統計學
是數學的一支。

4. ***Measles*** is a disease. 麻疹是一種疾病。

5. ***Darts*** is popular among young people. 擲鏢
是年青人流行的遊戲。

注意：statistics 等學科名詞如不作學科解釋時，可以有複數。例
如：

These statistics show that exports are low. 這些
統計數字顯示出口仍不高。

The acoustics of the auditorium are good. 這禮堂
的音響效果不錯。

Our ***politics*** are... 我們的政見是……

B. 表示由兩部分合成的工具、器具及衣物的名詞，通常爲複數，
又稱爲合成複數(summation plural)。

binoculars 雙眼望遠鏡、glasses 眼鏡、forceps 鉗子、
scissors 剪刀、braces 吊帶（英式英語）、suspenders 吊
帶(美式英語)、jeans 牛仔褲、pants 褲子、shorts 短褲、
pajamas 睡衣、trousers 褲子、tights 緊身衣、trunks 運
動褲等。

C. 只有複數形式的字。以下名詞如果作隨附其後之中文意思解
釋時，只有複數形式。

accommodations 住宿設備　　annals 年鑑

archives 檔案　　　　　　　arms 武器

ashes 灰燼　　　　　　　　auspices 贊助

brains 頭腦，腦筋　　　　　clothes 衣服

communications 通訊系統／設備

congratulations 恭喜

contents 目錄　　　　　　　customs 關稅

dues 費用　　　　　　　　　funds 財源

goods 貨物

heads 硬幣的正面〔Heads or tails?是正面還是反面？（擲硬幣猜正反面時常用之問句）〕

honors 優等 （如 graduate with honors 以優等成績畢業）

humanities 人文學

letters 文學　　　　　　　　looks 容貌

manners 禮貌　　　　　　　minutes 會議記錄

odds 勝算，可能性　　　　　outskirts 市郊

pains 辛勞，煩勞　　　　　　particulars 細節

premises 房子，建築物　　　regards 問候

savings 儲蓄　　　　　　　　spirits 心情

stairs （室內）樓梯　　　　steps （室外）臺階，門階

surroundings 環境　　　　　thanks 感謝

valuables 貴重物件　　　　　writings 著作

以上這些字並非沒有單數形式，只是其單數形式並不表示上面所列之語意。例如 arm 表示「手臂」，good 表示「好處，利益」。只有

arms 才能表示「武器」，goods 才能表示「貨物」之意。

D. 有些名詞並沒有複數標記，但通常只當作複數使用。如 people（人，人們）、folk（人，人物）、police（警方）、cattle（牲口）、poultry（家禽）、livestock（家畜）、vermin（害蟲，害獸）、clergy（神職人員）。

1. How many **people** have come? 有多少人來了？

注意：當「民族／國家」使用時，people 為單數，其複數可加 s。
例如 They are a great people.（他們是一個偉大的民族）；the English speaking peoples（說英語的民族）。

2. Some **folk** are always happy. （有些人總是快樂的）

注意：美式英語常用 folks（表 people 之意）。另外，在非正式用法並加上所有格定詞時常用 folks，如 my folks（我的家人）。

3. The **police** have caught the murderer. 警方已經逮捕到凶手了。

注意：指個別警員時用 a policeman 或 a policewoman，或 a police officer.

4. All his **cattle** have been sold. 他的牲口都賣了。

5. These **vermin** cause disease. 這些害蟲引起疾病。

6. These are my **poultry**. 這些就是我的家禽。

7. Where are your **livestock**? 你的家畜在哪兒？

E. 稱謂語詞的複數

常用的稱謂語詞及其複數形式如下：

    單數   複數

Mr. Smith	Messrs. Smiths
Mrs. Smith	Mesdames Smiths
Miss Smith	Misses Smiths

另外, Dr.及 Prof.的複數可寫成 Drs.與 Profs.。但是這種用法相當正式, 平常比較少用。如果有二 (或三) 個叫 Smith 的先生或太太或小姐時, 一般會說:

> the two (three) Mr. Smiths
> the two (three) Mrs. Smiths
> the two (three) Miss Smiths
> the two (three) Ms. Smiths

如是不同名字的兩個人時, 可用 Messrs. Smith and Thompson。但這種用法主要用於公司行號名稱, 如 Messrs. Smith and Thompson Ltd. (Smith 與 Thompson 有限公司)。

13.2.1.2　不可數名詞 (Non-count Nouns)

　　表示不具體而不易個別化／個體化(individuate)的事或概念, 或是具體但不易個別化／個體化之物質的名詞, 都是不可數名詞(non-count nouns)。不可數名詞主要有兩種: (1) 抽象名詞(abstract nouns)如 knowledge、honesty、kindness、courage、freedom、boyhood、love、time、width、length 等 (不具體也不易個別化的事或概念); (2) 物質名詞(mass noun、material noun)如 gold、iron、silver、water、wood、stone、sand、air、wool、metal、meat、bread 等 (具體但不易個別化的物質)。

　　不可數名詞在文法上的特點是, 在正常用法中, 沒有複數形式。

(1) 物質名詞 （mass noun）

A. 物質名詞不加-s，不與 a 或 an 連用，泛稱時也不加冠詞。例如：

1. **Gold** is useful.　金子是有用的。

2. He bought some **bread.**　他買了些麵包。

3. I don't have any **money.**　我沒有錢。

4. We all need **water** and **air.**　我們都需要水與空氣。

5. Would you like to have some **coffee?**　你要喝點咖啡嗎？

B. 物質名詞不能直接與數詞（numerals）連用。表示數量時，在數詞與物質名詞之間要有量詞（classifiers）如 cup、bit、piece、bar、loaf、pound 等。例如：

a bar of soap　一塊肥皂

two bars of chocholate　兩塊巧克力

a bit of wood　一小塊木頭

two blocks of ice　兩塊冰

three pieces of chalk　三枝粉筆

a loaf of bread　一塊麵包

a bag of rice　一袋米

a can of oil　一罐油

a jar of apple juice　一大瓶蘋果汁

two bottles of wine　兩瓶酒

four pounds of meat　四磅肉

  a few drops of perfume　幾滴香水

這規則亦適用於不可數的抽象名詞。例如：

  a bit of fun　一點樂趣

  a ray of hope　一線希望

  a little bit of luck　一點點運氣

  two cases of murder　兩件謀殺案

  a fit of anger　（一時／次）盛怒

C.　物質名詞前面可用 much、little 及 some，但不能用 many 或 a few。例如：

  much money　　*　many silver

  little gold　　　*　a few sand

  some water　　*　many money

  much sale　　　*　a few bread

  some sugar

D.　不可數物質名詞如表示由該物質所製成的東西或可個別化的數量或分量時，則可以做可數名詞。例如：

不可數	可數
chicken　雞肉	a chicken　一隻雞
lamb　羊肉	a lamb　一隻羊
stone　石	a stone　一塊石頭
hair　頭髮	a (single) hair　一根頭髮
candy　糖果	a candy　一顆糖果
wine　酒	a wine　一種酒

metal 金屬	a metal 一種金屬
fruit 水果	a fruit 一種水果

抽象名詞也有類似的情形：

不可數	可數
room 空間	a room 一間房間
time 時間	a time 一次

(2) 抽象名詞 (abstract nouns)

A. 抽象名詞常表示概念、狀態、品質、活動等。例如：

kindness 好意	happiness 幸福	meeting 會議
discovery 發現	music 音樂	history 歷史
friendship 友誼	revolution 革命	theory 理論
practice 實行／習	arrival 到達	

B. 抽象名詞沒有複數。但如果表示具有抽象名詞所具有的性質的個別例子或現象（無論是人或物）時，也可以當作可數名詞使用。例如：

1. She showed him much *kindness*. 她對他表示很大的善意。

   She showed him many *kindnesses*. 她對他表示很多善意的行為。

2. He is more interested in practice than *theory*. 他對實際比對理論更感興趣。

3. There are three *theories* that may account for this phenomenon. 有三種理論可以解釋這種現象。

4. The *arrival* of the train has been delayed. 火車遲延到達。

5. She was *a* late *arrival.* 她是一位遲來者。

其他的例子如：

a beauty（一位美人）、meetings（幾次會議）、a few scientific discoveries（幾項科學發現）、a virtue（一種美德）、injustices（不公正的行為）、a regret（一件遺憾的事）等。

C. 常見的一些抽象名詞詞尾(suffix)：

-ness、-ity、-ty、-th、-dom、-hood、-ship、-ism、-al、-ation、-ment、-ion 等，是很常用的詞尾，常加在形容詞，名詞或動詞後面，形成抽象名詞。例如：

kindness、safety、ability、growth、wisdom、boyhood、friendship、arrival、movement、examination 等。

13.2.1.3　可數與不可數的分界

從上面的討論(13.2.1.1 與 13.2.1.2)中，我們可以明白，名詞的可數與不可數，並非一成不變的。同一個名詞可以是可數，也可以是不可數，端視語意而定。因此很多文法書都會提示一些「轉用」的規則。如抽象或物質名詞如何「轉用」為可數普通名詞等。但是，我們認為，名詞的可數性質最重要是在於能否「個別化／個體化」(individuate)，如能，則抽象的概念也可能「數」了。如 difficulty 是「困難」之意，是一種概念，但是 a difficulty 就指「一項困難／一件難事」，就變成

個別可數的事了。

　　對中國學生來說，可數與不可數的觀念，是不易掌握的，因為中文沒有這樣的文法要點。中文的名詞，除少數以外，要數時都一定用數詞與量詞，如「一本書」、「一頭牛」、「一件事」等等。所以中國學生學英文時，名詞可數與否是常遇到的困難之一。上述之「個別化／個體化」的原則，可提供一些幫助，使我們理解英文名詞的可數性。但這原則並非絕對有效。如遇疑慮時，切記要查字典，求取正確之援助。

13.2.2　專有名詞　(Proper Nouns)

13.2.2.1　專有名詞為特定的人、地、事物的名稱。例如：

(1)　人名：

名字：John、Mary、Jack、Alice、Peter 等。

姓：Smith、Goldsmith、Williamson 等。

全名：Thomas Wilson、George Bush、Margaret Smith、Michael Jackson 等。

頭銜＋姓名：Mr. Johnson、Mrs. Lieberman、Miss Schulz、Ms. Wang(王女士／小姐)、Sir Winston Churchill (邱吉爾爵士)、Mayor Wu(吳市長)、Governor Rockefeller (洛克菲勒州長)、Prof. Caplan (Caplan 教授)、Judge Harris (Harris 法官)、General Li (李將軍) 等。

(2)　時間（月份、星期等）：

假日、節慶：Christmas(聖誕節)、Easter(復活節)、Thanksgiving（感恩節）、New Year（新年）、New Year's Eve（除夕）、Passover（踰越節）、Dragon-Boat Festival（端午節）等。

月份、星期：January（一月）、February（二月）、March（三月）等。

Sunday（星期天）、Monday（星期一）、Tuesday（星期二）等。

(3) 地名：

洲：America（美洲）、Asia（亞洲）、Europe（歐洲）、Australia（澳洲）等。

國、州等：Brazil（巴西）、Canada（加拿大）、the Republic of China（中華民國）、California（加州）等。

城市、湖泊、山等：Taipei（臺北）、Tainan（臺南）、Rome（羅馬）、New York（紐約）、Lake Michigan（密西根湖）、Sun-Moon Lake（日月潭）、Loch Ness（尼斯湖）、Mount Ali（阿里山）、Mount Everest（埃弗勒斯峰，即聖母峯，世界最高峯）等。

(4) 其他：Hyde Park（海德公園）、Kennedy Airport（Kennedy 機場）、CKS International Airport（中正國際機場）、Boston University（波士頓大學）、Bank of Taiwan（臺灣銀行）、China Airlines（中華航空公司）、Oxford Road（Oxford 路）、Madison Avenue（Madison 大道）等。

13.2.2.2　用法上應注意事項

(1)　專有名詞要以大寫字母起首，如頭銜緊接於名字之前，頭銜也應大寫。如頭銜與名詞爲同位語的關係，頭銜不用大寫。例如：

1. *President George Bush* made an important announcement yesterday.　布希總統昨天發表重要的宣布。

2. I saw *Prof. Kaplan* last year.　去年我見到 Kaplan 教授。

3. *Robert Kaplan, professor of applied linguistics*, is now teaching at the University of Southern California.　Robert Kaplan,一位應用語言學教授，現在任教授於南加州大學。

(2)　專有名詞如是書名或報章、雜誌名時，也要大寫，但習慣上其中之冠詞(articles: a、an、the)與短 (四個或少於四個字母的) 的連接詞及介詞 (如 and、or、but、if、in、on、at、for、of 等) 不必大寫。例如：

1. *A Comprehensive Grammar of the English Language.*　綜合英文法

2. *An Introduction to Phonetics.*　語音學導論

3. *Time.*　時代週刊

4. *Journal of Applied Linguistics.*　應用語言學報

(3)　專有名詞通常不加冠詞，但有例外。例如：

New York、Park Avenue、Mt. Everest

例外: the Bible(聖經)、the Hague(海牙)、the Pacific Ocean
(太平洋) 等。

(關於冠詞與專有名詞的連用, 詳見本書下册冠詞一章。)

(4) 專有名詞通常不用複數形式。但如遇有同名的人或地時, 則可加-s。一般說來, 專有名詞複數除字尾爲 x、s、z、ch、sh 加-es 外, 其餘的都加-s。y 字母結尾的專有名詞也是加-s。例如:

We have one John, two Marys, and three Alices in our class. 我們班上有一個John, 兩個Mary, 三個 Alice.

專有名詞加複數, 變成可數的普通名詞, 表示這種名稱的人或地, 或具有這人或地的特色的人或地。

Johnsons　名叫 Johnson 的人

Shakespeares　像莎士比亞的作者

Londons　名字爲倫敦的城市; 像倫敦的城市

the＋專有名詞表示「名叫……的一家人」

the Smiths　Smith 一家人

the Joneses　Jones 一家人

(5) 有關國籍語詞的用法, 參看下册冠詞一章。

13.3　名詞的性　(Genders of Nouns)

在 13.1 中, 我們已說明, 英文中名詞可分陽性, 陰性, 通性及中

性四種。其中前三種是指「有生命」(animate)的名詞，中性是指「無生命」(inanimate)的名詞。在英語文法中，名詞的性(gender)比較重要的功用是決定代名詞的形式，如 man～he/him/his, woman～she/her 等。

13.3.1 陰性與陽性名詞形式

中性與通性字形上並無區別，其代名詞用(it/they 等)。陰性與陽性名詞很多是指「屬人」(human)的「有生名詞」(animate noun)。當然，也有指動物的有生名詞。

(1) 陰陽性字形相同者

陽性	陰性	
artist	artist	藝術家
assistant	assistant	助理
cook	cook	廚子
dancer	dancer	舞者
driver	driver	駕駛員
doctor	doctor	醫生
professor	professor	教授等等。

(2) 陰陽性字形不同者

  A. 加字尾-ess, -ine

陽性		陰性	
actor	男演員	actress	女演員
conductor	男車掌	conductress	女車掌
duke	公爵	duchess	公爵夫人

heir	男繼承人	heiress	女繼承人
emperor	皇帝	empress	女皇
god	神	goddess	女神
host	男主人	hostess	女主人
waiter	男侍者	waitress	女侍者
steward	男招待	stewardess	女招待
prince	王子	princess	公主
lion	公獅	lioness	母獅
tiger	公老虎	tigress	母老虎等等。

加-ine 的如 hero 男英雄，heroine 女英雄。

B. 不加詞尾變化者

1. 第一類

陽性 陰性

man	男人	woman	女人
boy	男孩	girl	女孩
brother	兄弟	sister	姊妹
bachelor	男未婚者	spinster	女未婚者
bridegroom	新郎	bride	新娘
father	父	mother	母
gentleman	紳士	lady	女士
husband	丈夫	wife	妻子
male	男性	female	女性
nephew	姪子	niece	姪女
son	兒子	daughter	女兒

king	國王	queen	皇后
uncle	叔，伯，舅	aunt	嬸母，伯母，舅母
widower	鰥夫	widow	寡婦
bull	公牛	cow	母牛
cock, rooster	公雞	hen	母雞
dog	公狗	bitch	母狗
duck	公鴨	drake	母鴨
gander	公鵝	goose	母鵝
stallion	公馬	mare	母馬等等。

2.　第二類：

陽性		陰性	
boyfriend	男朋友	girlfriend	女朋友
grandfather	祖父	grandmother	祖母
grandson	孫子	granddaughter	孫女
father-in-law	岳父	mother-in-law	岳母
salesman	男店員／男推銷員	saleswoman	女店員／女推銷員
chairman	主席	chairwoman	女主席
man-servant	男僕人	maid-servant	女僕人
landlord	男房東	landlady	女房東
he-goat	公山羊	she-goat	母山羊
male-frog	雄青蛙	female-frog	雌青蛙等等。

13.3.2 名詞的性與代名詞

(1) 對屬人單數名詞而言,指男性者用 he/him/his,女性者用 she/her。通性名詞如確知所指是男或女時用 he 或 she,否則通常用 he。例如:

1. The **man** is talking to **his** mother. 那個男人正在跟他母親說話。

2. Do you see the **girl** over there? **She** is my elder sister. 你看見那邊的女孩子嗎? 她是我姊姊。

3. The **artist** took off **his**/**her** overcoat. 那位藝術家把他／她的外衣脫下。

4. A **driver** should take good care of **his** car. 駕駛員應該好好照顧他的車子。(泛稱。但現在也有不少人會說 his/her car。)

注意: baby 與 child 因性別不易判別常用 it/its 為代名詞。如: The **baby** and **its** mother are here. 然而, 對嬰兒的母親來說, 因為早知其性別, 很少會用 it/its。例如: **My baby** is cute, isn't **she**/**he**?

(2) 無生命單數名詞的代名詞為 it/its。

I bought a **book** yesterday but I lost **it** this morning. 我昨天買了一本書但今天早上把它弄丟了。

(3) 雖然有些動物名詞有性別之不同字形, 但我們常常可以其中一字形 (通常為陽性; hen, duck 例外) 來代表陽性及陰性, 而

代名詞也常用 it/its。例如：

1. I don't like that *dog* because *it* never barks.　我不喜歡那隻狗因為它從來都不吠。(dog 一字可以指公狗也可以指母狗。)

但比較柔順的動物常可用 she/her 為代名詞。例如：

2. Tom has a *cat* and he likes *her* very much. Tom 有一隻貓，他很喜歡她。

(4) 船名（或其他交通工具名），國名等常用陰性代名詞。例如：

1. *China* lost many of *her* bravest soldiers during the Sino-Japanese War.　中國在中日戰爭中失去很多她的最英勇的軍人。

2. A torpedo hit the *ship* and *her* stern was badly damaged.　一枚魚雷擊中那條船，船尾受損嚴重。

注意：現代也有用 it/its 來取代 she/her 等的用法。

(5) 在文學作品中，因擬人化(personification)的用法，常把較剛陽，強壯之事物當男性，而把柔順、細小、優美之事物當女性。例如：

A. 陽性

sun、mountain、summer、winter、war、anger、day 等（代名詞 he/him/his）。

B. 陰性

moon、nature、earth、ship、spring、autumn、night、country、art、music、pity 等（代名詞 she/her）。

13.4 名詞的格 (Cases of Nouns)

從字形上看,英語的格只有所有格(possessive 或 genitive case)有明顯的詞尾's 表示。主格(nominative case)與受格(accusative case)在字的形式上完全相同, 也不加任何詞尾或詞頭。因此, 主格與受格名詞, 我們最主要是說明其在句中的文法功能 (如當主詞或受詞等)。至於所有格, 我們會比較詳細的討論。

13.4.1 主格與受格

(1) 具有下列文法功能的名詞 (組) 為主格:

A. 主詞

1. ***John*** has arrived. John 到了。

2. The ***girl*** has a bicycle. 這女孩有一部腳踏車。

B. 主詞補語

1. John is a ***biologist.*** John 是生物學家。

2. Mary is an ***English teacher.*** Mary 是一位英語教師。

C. 直接稱謂 (vocatives)

1. ***Boys,*** be quiet. 孩子們, 安靜點。

2. You must take off your shoes, ***John.*** John, 你必

須把鞋子脫掉。

D. 主詞的同位語 （appositives）

1. Tom Wilson, a *history professor,* will be the next president of our university. 歷史教授 Tom Wilson 將是我們大學下一任校長。

2. Larry, *my nephew,* is an expert on anthropology. 我姪子 Larry 是一位人類學專家。

(2) 具有下列文法功能的名詞（組）為受格：

A. 動詞的受詞（包括直接與間接受詞）

1. I gave Tom a *book.* 我給 Tom 一本書。

2. I gave *Tom* a book.

3. We've already sent *Mr. Wilson* our *final report.* 我們早已把期終報告送給 Wilson 先生了。

注意：這類句子如改為被動時，除其中一個受詞改為主詞（因此變成主格）以外，留下的另一受詞仍屬受格。例如：Tom was given a *book* by me.或 A book was given *Tom* (him) by me.

B. 介詞的受詞

1. The book is on the *desk.* 書在桌上。

2. The story is about *Anastasia.* 這是關於 Anastasia 的故事。

C. 受詞的同位語

1. The story is about Anastasia, the ***princess.*** 這是關於 Anastasia 公主的故事。

2. I just saw Larry Smith, our new ***boss.*** 我剛剛看見我們的新老闆 Larry Smith。

D. 受詞補語

1. We elected Noel our new ***chairperson.*** 我們推選 Noel 作我們的新主席。

2. We consider him a ***day dreamer.*** 我們認為他是個做白日夢的人。

13.4.2 所有格

13.4.2.1 所有格的形成

一般說來，有生名詞(animate nouns)多用's(或')表示所有格，無生名詞(inanimate nouns)多用「of＋名詞組」表示所有格。

(1) 有生名詞所有格的形成有下列方式：

A. 單數名詞後面加's（包括字尾為 s 的字）。

the ***cat's*** tail　貓的尾巴

a ***dog's*** eyes　狗的眼睛

Mr. ***Hope's*** pen　Hope 先生的筆

Tom's pet　Tom 的小寵物

Mary's daughter　***Mary*** 的女兒

James's friend　James 的朋友

our ***boss's*** son　我們老闆的兒子

　　　　my **niece's** house　我姪女的房子

　　　　George's car　George 的車子

B.　複數名詞，字尾為 s 者加 '，字尾不是 s 者則加 's。

　　　　cats' tails　貓的尾巴

　　　　boys' overcoat　男孩的外套

　　　　birds' wings　鳥兒的翅膀

　　　　children's education　兒童的教育

　　　　women's golf club　婦女的高爾夫球俱樂部

　　　　the **Taylors'** residence　（幾位）Taylor 的寓所（單數為 Taylor）。

　　　　the **Wilsons'** relatives　（幾位）Wilson 的親戚（單數為 Wilson）。

C.　專有名詞如以 s 字母結尾時，若 s 發音為 [s] 者，加 's；若 s 發音為 [z] 者，則加 ' 或 's 均可。

　　　　(a)　s 字尾發音為 [s] 者：

Ross [rɑs]　　　　　　　Ross's [`rɑsɪz]

Amoss [`emɔs]　　　　　Amoss's [`emɔsɪz]

Harris [`hærɪs]　　　　　Harris's [`hærɪsɪz]

Thomas [`tɑməs]　　　　Thomas's [`tɑməsɪz]

Chris [krɪs]　　　　　　Chris's [`krɪsɪz]

　　　　(b)　s 字尾發音為 [z] 者：

Dickens	Dickens'	Dickens's
[`dɪkənz]	[`dɪkənz]	[`dɪkənzɪz]
Burns	Burns'	Burns's
[bɝnz]	[bɝnz]	[bɝnzɪz]
Jones	Jones'	Jones's
[dʒonz]	[dʒonz]	[dʒonzɪz]
Edwards	Edwards'	Edward's
[`ɛdwɚdz]	[`ɛdwɚdz]	[`ɛdwɚdzɪz]

注意: (a) 發音方面, 以 [ɪz] 發音為常用。但拼字方面則以 ' 為普遍。

(b) Jesus 與 Moses 只加 '。

(c) 一些希臘名字如 Socrates、Xerxes、Euripides 等也只加 '。

D. 複合名詞所有格在最後一個字後面加 's 或 '。

單數	複數
father-in-law	father-in-law's
cleaning woman	cleaning woman's
stockholder（股票持有人）	stockholder's
tax-payer（納稅人）	tax-payer's
cleaning women	cleaning women's
firemen	firemen's
songwriters（作曲者）	songwriters'
language teachers	language teachers'

cowboys　　　　　　　　　　　cowboys'

E.　表示所有者之名詞如含有一些後位修飾語(postmodifier)時,「'」或「's」加在該修飾語後面。

the teacher of music's office　音樂老師的辦公室

the teachers of history's room　歷史老師們的房間

someone else's book　別人的書

the University of Southern California's president
南加州大學的校長

Charles the First's heir　查理一世的繼承人

F.　共同所有與個別所有:

⒜　共同所有在最後名詞加 's:

Peter and Larry's house　Peter 與 Larry 共有的一幢房子

Tom Wilson and Mary Wilson's father　Tom Wilson 與 Mary Wilson 的父親

⒝　個別所有則在每個所有者名詞加's:

Peter's and **Larry's** books　Peter 的書以及 Larry 的書（各自不同的書）

Tom's and **Mary's** teachers　Tom 的老師和 Mary 的老師（兩人的老師不同）

注意: 如同時含有名詞與代名詞時，代名詞在先。例如:

共同所有: **his and John's** book

個別所有: **his book and John's**

(2) of＋名詞

「of＋名詞」也稱爲 of 所有格，通常用於無生名詞。例如：

1. the name of the ship　這船的名字

2. the front of the house　屋子的前方

3. the gravity of the earth　地球的重力

4. the decline of trade　貿易的衰退

5. a statement of the fact　事實的說明

6. the policy of this country　這國家的政策

7. the contents of the book　這書的目錄（內容）

8. an absence of a month　一個月的缺席

9. the wines of California　加州的酒

13.4.2.2　所有格與名詞種類

雖然在 13.4.2.1 節中，我們已說過，有生名詞的所有格通常用's，無生名詞則通常用「of＋名詞」結構，但有些無生名詞也可能用's。以下我們列出可用's 名詞種類。

(1) 人名

John's book、Mary's son 等

(2) 表示人的名詞

the boy's new book、his mother-in-law's problem 等

(3) 動物（特別是比較高等的動物）名詞

the cat's tail、the horse's head 等

(4) 地理名詞

洲：Europe's history 歐洲的歷史

國家：Canada's population 加拿大的人口

州：California's industry 加州的工業

城市：London's water supply 倫敦的水供應

大學：Harvard's Department of Psychology 哈佛的
心理學系

(5) 處所名詞（包括機關、學校、天體等）

the earth's surface 地球的表面

the hotel's entrance 飯店的入口

the world's history 世界的歷史

the moon's interior 月球的內部

the club's violinist 俱樂部的小提琴手

the government's organization 政府的組織

(6) 時間、距離、重量、價值等名詞

a moment's thought 短暫的想法

today's paper 今天的報紙

a day's work 一天的工作

two weeks' vacation 兩週的假期

a mile's walk 一哩的步行

three pounds' weight 三磅的重量

ten dollars' worth 十元的價值

(7)　其他一些與人類活動有特殊關連的名詞

　　　the brain's size　　大腦的大小

　　　the mind's development　　心智的發展

　　　the body's development　　身體的發展

　　　in freedom's name　　以自由的名義

　　　a word's function　　單字的功能

　　　the book's significance　　這本書的重要性

　　　my life's aim　　我生活的目的

(8)　edge、end、surface、for…sake 等詞組可用所有格名詞作修飾語。注意：如 sake 前面一字字尾爲／s／，則只加 '。

　　　the river's edge　　河的邊緣

　　　the earth's surface　　地球的表面

　　　at his journey's end　　他旅程的終點

　　　for goodness' sake　　看老天爺份上

　　　for heaven's sake　　看老天爺份上

　　　for conscience' sake　　看良心份上

　　　for convenience' sake　　爲方便起見

　以上這些都可以用 of 所有格來表示，如 the edge of the river、for the sake of convenience 等。

　另外，以下的成語也利用所有格：

　　　at one's wit's end　　智窮才竭，不知所措

　　　within arm's reach　　伸手可及

　　　our money's worth　　我們錢的價值

a stone's throw　一石之遙（約 45 m 至 140 m）

但這些成語不可用 of 所有格來表示（不可說＊the throw of a stone 等）。

13.4.2.3　獨立使用的所有格　（the Independent Possessive）

含所有格的名詞組如語意清楚時，所有格後面的名詞可以省略。例如：

1. My car is more expensive than *Mary's*.　我的車子比 Mary 的要貴。（Mary's＝Mary's car）

2. This pen is *Peter's*.　這枝筆是 Peter 的。（Peter's＝Peter's pen）

3. *Nancy's* was the prettiest dress.　Nancy 的衣服是最漂亮的。（Nancy's＝Nancy's dress）

此外，如所有格後面的名詞是處所名詞（如 shop、home、store、house、restauraut、office、church theater、hospital、hotel 等），也常可省畧。例如：

4. I am staying at my *uncle's*.　我住在我叔父家。

5. He is at the *barber's*.　他在理髮店。

6. She was admitted to *St. Joseph's* yesterday.　她昨天住入 St. Joseph 醫院。

13.4.2.4　雙重所有格(Double Possessive/Double Genitive)

「Of＋獨立所有格」稱為雙重所有格（亦稱為後位所有格「post-genitive」）。通常表示「非限定」(indefinite)的語意。而 's 所有格表示「限定」(definite)。例如：

限定	非限定
my friend（我的朋友）	a friend of mine（我的朋友當中之一個）
Tom's son（Tom 的兒子）	a son of Tom's（Tom 的兒子中之一）
Jim's report（Jim 的報告）	a report of Jim's（Jim 的報告中之一）

注意：如所有格表示並非嚴格的「所有」時；亦即不能用 have 來釋義時，'s 所有格，of 所有格與雙重所有格之間會有語意上的差別。例如：

Jim's report　指 Jim 所寫的報告

(the report that Jim wrote)

a report of Jim　指有關 Jim 的報告之一

(one of the reports about Jim)

a report of Jim's　指 Jim 所寫的報告

(one of the reports that Jim wrote)

《做練習上冊　習題 17》

❶ 有些文法書沒有列舉 common gender。只有陽性、陰性及中性三種。事實上，中性與通性在詞形上沒有區別，而語意上也是不分（或不能分）陰陽。因此，取消其一也很合理。

❷ 從構詞形態來看，集合名詞（如 family、class 等）與一般可數普通名詞並無差別。只是在用法上，其單數形式有時候可指集合中個體（組成分子）而

與複數動詞連用（如 My family are all well 一句中，family 指全家的人）。因此，我們採取 Quirk et al. （1985） *A Comprehensive Grammar of the English Language* 一書的立場，不把集合名詞當成獨立的一種名詞。

第十四章

代名詞
(Pronouns)

14.1 代名詞及其種類(Pronouns and Classes of Pronouns)

代名詞最簡單的定義是「代替名詞的語詞」。事實上，代名詞雖然可代替名詞(如 he 可代替 John、the boy 等)，但其文法功能比較與名詞組(NP)相近。比方說，代名詞不像名詞，前面不加冠詞(我們可說 the man 但不能說 * the he)，通常也不加修飾的形容詞 (我們可說 hard-working students 但不能說 * hard-working they)。

大體上，代名詞是一個「封閉性」的詞類 (closed word class)，具有像名詞及名詞組的功能。我們說「封閉性」是指代名詞的數目有限，也不會隨時增加或創造新的代名詞。相對地，名詞就是「開放性」的詞類(open word class)，因為名詞的數目眾多，而且隨時隨地都可以創出新的名詞來。此外，代名詞還具有下列的特性：

1. 語意上，代名詞本身沒有固定的意思，要視其所代表之名詞 (組) 而定。如 he 的指稱是 John，其意思就是 John，指的是 the man 則其意思就是 the man。而代名詞的指稱(referent)則常視上下

文而定 (因此常有所謂代名詞的「先行詞」的說法)。

    2. 在句法上, 代名詞通常不加冠詞(a、an、the)及形容詞(見上文)。

    3. 在構詞形態上, 代名詞在人稱、性、格及數方面都有明顯的字形分別。這種分別在人稱代名詞上最爲顯著。

    代名詞可分爲以下幾種:

    1.   主要代名詞 (central pronouns)包括:

        人稱代名詞 (personal pronouns)

        反身代名詞 (reflexive pronouns)

    2. 指示代名詞 (demonstrative pronouns)

    3. 不定代名詞 (indefinite pronouns)

    4. 相互代名詞 (reciprocal pronouns)

    5. 疑問代名詞 (interrogative pronouns)

    6. 關係代名詞 (relative pronouns)

    這幾種代名詞中, 疑問代名詞在「問句的形成」一章中經已敍述, 關係代名詞我們在另外一章 (見下册) 再詳加討論, 因此這兩種代名詞在本章只是簡畧提出, 而本章的重點是在人稱、指示等其他幾種代名詞。

14.2 主要代名詞(Central Pronouns)

    主要代名詞包括人稱代名詞及反身代名詞兩種。因爲這兩種代名詞都因不同人稱而有不同字形, 因此有不少文法書也合稱之爲人稱代名詞。這兩種主要代名詞的形式與用法及要點分別在 14.2.1 及 14.2.2

兩節中討論。

14.2.1 人稱代名詞(Personal Pronouns)

人稱代名詞的形式

		第一人稱		第二人稱		第三人稱			
		單數	複數	單數	複數	單數陽性	單數陰性	單數中性	複數
主格		I	we	you	you	he	she	it	they
受格		me	us	you	you	him	her	it	them
所有格	限定用法	my	our	your	your	his	her	its	their
	獨立用法	mine	ours	yours	yours	his	hers	its	theirs

人稱代名詞用法應注意的事項有下面各項:

14.2.1.1 格的用法

(1) 主格代名詞用作主詞及主詞補語。受格代名詞用作受詞,介詞的受詞,及(在非正式體裁及口語中)主詞補語。例如:

　　1. *I* was at home yesterday. (主詞)昨天我在家。

　　2. Mr. Smith saw *him*. (受詞)Smith 先生看見他。

3. The students are fond of *her*.（介詞受詞）學生們喜歡她。

4. Who is there?　誰呀？

It's *I*.　（主詞補語）是我。

5. Who is there?

It's *me*.（非正式用法與口語）

6. If I were *he* , I would not come.（主詞補語）如果我是他，我就不會來。

(2) 在比較句式中, than 與 as 後面正式的用法是用主格, 但非正式用法與口語也容許受格。例如：

7. He is more diligent than *she*.　他比她勤勉。

（…than she is diligent.）

8. He is as tall as *she*.　他跟她一樣高。

（…as she is tall.）

9. He is more diligent than *her*.（非正式／口語）

10. He is as tall as *her*.（非正式／口語）

注意：口語中 7 與 8 聽起來太正式而不自然, 如果在 she 後面加上 be 動詞(或其他情形下加上助動詞時), 聽起來就自然些。例如 He is more diligent than she is. He can swim as fast as she can. 等。

(3) 在作受詞補語的不定詞片語中, 用受格。

1. They took Alex to be *me*.　他們把 Alex 當作是我。

(4)　在不定代名詞(nobody、everyone) + $\left\{\begin{array}{l}\text{except} \\ \text{but}\end{array}\right\}$ 後面,如代名
詞出現在動詞前面時,　用主格比較好,　如代名詞出現在動詞後面時,
用受格比較自然。

例如:

1. Nobody but *he* can help us.　除他以外沒有人能幫助
    我們。

2. Nobody can help us but *him*.

3. Nobody said anything but *me*.　除我以外沒有人說任
    何話。

    注意:　以上例句 1-3 的代名詞在語意上是動詞 can help 與
said 的主詞。如代名詞本來就是動詞的受詞時,　用受格形式。如:I
want nobody but *her*(=I want her and I want nobody else).

(5)　It is/was+代名詞+that/who……。分裂句中,雖然正式文法
用法比較喜歡主格,　但非正式用法中也容許受格形式。例如

1. It was *he* who came.　來的人是他。

2. It was *I* who saw John.　看見 John 的人是我。

3. It was *her* that did it. (非正式)

(6)　代名詞所有格有兩種主要用法。(1) 限定用法(determinative),
其功能能像一般的定詞,主要置於名詞前面。例如 my book、his book、
her book、their book、your book、our book 等。(2) 獨立用法
(independent),獨立代名詞所有格與獨立名詞所有格的用法相似。
例如:

1. This is **my** book. (限定用法)

    This book is **mine**. (獨立用法)

2. This desk is **mine** and that is **his**. 這張書桌是我的，那張是他的。

注意：its 很少作獨立所有格使用。＊This can of dog food is its. （＊這罐狗食是牠的）這句話是極少聽到的。

(7) 獨立所有格代名詞可以置於 of 後面形成 of 所有格(亦稱為「後位所有格」post-genitive)。例如：

1. John is a friend of **mine**. John 是我朋友中的一位。

2. I like this poem of **hers**. 我喜歡她的詩中的這一首。

　　這種用法主要是避免限定用法的代名詞前面再用定詞(如 a、the、this 等)。我們可以說 my friend、her poem 等，但如果我們還要表明是「一位朋友」或「這首詩」時，卻不可以說＊a my friend 或＊this her poem。因此，只能將定詞 a、this 等置於名詞前，而以 of＋獨立所有格代名詞置於名詞後，而成為 a friend of mine, this poem of hers 等。

(8) own 可以加強代名詞所有格的語氣。但 own 只能加於限定用法之 my、his、her、our、your、their、its 後面。
例如：

1. I want **my own** copy. 我要我自己的副本。

2. He cooks **his own** dinner. 他自己煮晚飯。

注意：(a) own 除了加強所有格的語氣以外，還強調所有格與主詞之共同指稱，因此解釋為「自己」的。例如，句 2 中的 He 與 his 因

有 own 的關係，所指為同一人。但如果我們說 He cooks his dinner 的話，his dinner 可指句中主詞 He，也可指別人。

　　(b) own 前面可加 very 來再加強 own 的語氣。例如：
This is **my very own** house. 這是我自己的房子。

(9)　my own、his own 等可以獨立使用。例如：

1.　This recipe is **my own**. 這食譜是我自己的。

2.　I have my typewriter **and** she has **her own**. 我有我的打字機，她有她自己的。

3.　He'd like to have a car of **his own**. 他想要一部他自己的車子。

14.2.1.2　人稱

　　代名詞人稱方面相當明確，每種人稱都有特別的字形表示。第一人稱為說話者(I, we)，第二人稱為聽者(you, you)第三人稱為被談及者(he/she/it, they)。

　　代名詞為單數時，很清楚明確。如為複數時，其指稱如含說話者(I)則用第一人稱，如含聽者(you)則用第二人稱。如只含被談及者時，用第三人稱。例如：

1.　**John and I** were absent yesterday. **We** were ill. John 和我昨天缺席。我們生病。

2.　**John, Mary and I** are working very hard. **We** are trying to finish our homework by eight o'clock this evening. John, Mary 和我正在用功。我們想在晚上八

點前把功課做好。

3. **You and Ann** should be ashamed of **yourselves**. 你和 Ann 應該覺得慚愧。

4. **Tom and Peter** are good friends. **They** are also classmates. Tom 與 Peter 是好朋友。他們也是同學。

14.2.1.3 人稱代名詞的性與數

人稱代名詞的性(gender)與數(number)取決於其指稱（先行詞），例如：John—he、him 等；Mary—she、her 等, the students —they、them 等。

一般來說，代名詞的性及數不難決定。唯一困難的是指稱爲不定代名詞如 everyone、everybody、someone、somebody、anyone、anybody、no one、nobody 等。因爲英語的第三人稱單數指人的代名詞沒有中性的形式，所以傳統文法正式用法用 he 來代替這些不定代名詞。例如：

1. **Everyone** thinks that **he** has a right to come here. 每人都認爲他有權到這兒來。

但近年來非正式用法也接受複數中性的代名詞。例如：

2. **Everyone** thinks that **they** have a right to come here. 每人都認爲他們有權到這兒來。

這種 they 的用法在類似以下例 3 的情形中，尤其是難以避免：

3. **Everybody** came to my house, but **they** all came reluctantly. 每人都來我家，但他們都是心不甘情不願地來。

14.2.1.4　人稱代名詞的一些特別用法

⑴　泛稱的用法

A.　三種人稱的複數代名詞都可以泛指「一般的人」(people)之意。例如：

1. *We* should love *our* parents. 我們（人）應該愛父母。

2. *You* can never be sure what will happen tomorrow. 你們（人）永遠不能確知明天會有甚麼事情發生。

3. *They* say it's going to rain tonight. 他們（人／大家）說今晚會下雨。

這幾句的代名詞都可以用 people 來取代, 例如：People should love.../People can never be sure...等。

B.　第三人稱單數也可以泛指人或某一類事物。例如：

1. Ever since *man* invented the airplane, *he* has fulfilled his dream of flying from one place to another. 自從人發明飛機以後, 他就實現了他從一地方飛到另一地方的夢。

2. A: Do you like beer? 你喜歡啤酒嗎？
   B: I don't know.　I've never tasted *it*. 我不知道, 我從未嚐過（這句中的 it 是泛指所有的啤酒, beer in general）。

⑵　在正式寫作中, we 常用來表示作者本人或同時表示作者與讀

者。例如:

1. *We* have proposed a theory to account for this phenomenon. 我們（作者我）已經提出一種理論來解釋這種現象。

2. As *we* can see from the last chapter, this theory should be refuted. 從上一章我們（作者我與讀者一起）可見, 這理論應該被駁倒。

(3) 人稱代名詞通常不帶修飾語,但關係子句可以修飾人稱代名詞。例如:

1. *He who works hard* deserves some respect. 用功的人值得尊敬。

   He who...＝anyone who....。是很正式的「文言」用法。現代英語表較喜歡用 Those who...。

2. *Those who work hard* deserve some respect.

3. *We who gather here today*...我們, 今天在此地聚集的人們...

   此外, 第一、二人稱的代名詞可帶下列的修飾語:

   A. 形容詞

      Poor us! 可憐的我們

   B. 同位語

      We students 我們學生們;

      you teachers 你們老師們

   C. 副詞

      we here （在這兒的）我們

D. 介詞片語

You in the red coat. 你，穿紅衣的那個（不禮貌）

(4) It 的特別用法

A. It 除指第三人稱無生命的事物以外，也可以指抽象的事（如 the enemy's surrender），上文所說過的子句甚至句子。例如：

1. The enemy's surrender was certainly good news to us. *It* meant the end of the war. 對我們而言，敵人的投降當然是好消息。它意謂戰爭的結束。(It指enemy's surrender)

2. He never comes to work on time. His boss doesn't like *it*. 他從來不準時上班，他的老闆不喜歡他這樣。(it 指前面整句所描述的事)

B. It 可指天氣、時間、距離、或泛指一種情況，或一個人或一件事。例如：

1. *It's* hot today. 今天很熱。

2. What time is *it*? 現在幾點了？

   It's two o'clock. 兩點了。

3. How far is *it* from here to Taipei? 從這兒到臺北有多遠？

   It's about 20 kilometers. 大約 20 公里。

4. *It* is dark here. 這裏很黑。

5. Who is *it*? （回應敲門）誰啊？

   It's me. 是我啊。

或 *It*'s Tom and Alice.

C. It 可以在句子中，作前導主詞或受詞(introductory 或 anticipatory subject/object)。這種主詞或受詞本身並無特別語意，只是代表其後面的真正主詞或受詞(通常是不定詞結構或 that 子句)。因此有些文法書也稱之為臨時主詞或受詞(temporary subject/object)。例如：

1. *It* is impossible for him to finish the job in time. 他不可能及時做好這事。

2. *It* is fun to read novels. 看小說是有趣的事。

3. *It* is a pity that they lost the game. 他們輸了這比賽真是可惜。

4. I think *it* important that we should be there. 我們應該到那兒，我認為這是很重要的。

5. I find *it* difficult to talk to him. 我發現要跟他談話很不容易。

D. 含 it 的一些成語

1. We've finally *made it*. 我們終於成功了（做到了）。

2. I *have a hard time of it*. 我的生活困難。

3. You can *make a go of it*. 他可以把事情辦成（做好）。

4. *How's it going*? 近況如何？（it 指生活）

5. *Go it alone*. 獨自做。

14.2.2　反身代名詞(Reflexive Pronouns)

反身代名詞有下列的形式：

人稱＼數	單數	複數
第　一　人　稱	myself	ourselves
第　二　人　稱	yourself	yourselves
第　三　人　稱	himself herself itself	themselves

反身代名詞在句子中的文法功能如下：

1.　直接受詞：We helped ***ourselves***.

2.　間接受詞：He allowed ***himself*** a short rest. She never buys ***herself*** luxurious clothes.

3.　主詞補語：I am not ***myself*** today. 我今天不很舒服／不大對勁。

4.　介詞受詞：She is looking at ***herself*** in the mirror.

5.　主詞同位語：They ***themselves*** will do it.

　　　　　　　They will do it ***themselves***.

以上功能中，1、2、4 是反身代名詞的基本用法。5 是強調用法。3 是另一種用法。這幾種用法共同的特點是反身代名詞與句子主詞的指稱相同。

(1) 基本用法: 在同一子句中動詞或介詞的受詞指同一人時, 受詞要用反身代名詞。例如:

1. He hurt *himself*. 他傷害了自己。

2. She is looking at *herself* in the mirror. 她在照鏡子。

3. She told us that John hurt *himself*. 她告訴我們說 John 傷害了自己。

注意: 例 3 中 himself 指 John。如句子爲 Tom told us that John hurt himself, himself 還是指 John, 不可能指 Tom, 因爲 himself 通常只與同一子句中的主詞共同指稱, 而 Tom 與 himself 分別處於不同的子句裏。所以 * She told us that John hurt herself 是不合文法的句子, 因爲 she 與 herself 不在同一子句中。

4. He enjoyed *himself*. 他玩得開心。

5. Peter killed *himself*. Peter 自殺了。

下列動詞常與反身代名詞受詞連用:

prides oneself on (以……自傲); avail oneself of (利用); absent oneself from (缺席); accustom oneself to (使習慣於); ingratiate oneself with (討好); behave(oneself) (舉止適當); shave(oneself)刮鬍鬚; adjust(oneself)to (調適); hide(oneself) (藏); prepare (oneself) for (準備); identify (oneself)with (與……認同); prove(oneself)(to be) (證實)。

另外, accuse(責備)、admire(仰慕)、amuse(娛樂)、dislike (不喜歡)、kill (殺)、hurt (傷害)、feed (餵)、persuade (說服) 等動詞也常與反身代名詞連用。

(2)　強調用法

反身代名詞作主詞同位語時，可加強句子語氣，特別是主詞「本身」、「個人」的語氣。

1.　I'll do it *myself*. 我會自己做這事。

I *myself* will do it.

2.　He *himself* made this choice. 他自己作此選擇。

He made this choice *himself*.

14.3　不定代名詞(Indefinite Pronouns)

不代表或不指特別的人或事物的代名詞叫「不定代名詞」。不定代名詞包括：

all	some	any	none	both	one
either	neither	each	other	another	few
little	many	much			

以及複合不定代名詞(compound indefinite pronouns)：

everyone	everybody	everything
someone	somebody	something
anyone	anybody	anything
no one	nobody	nothing

以及 half、several、enough 等。

這些不定代名詞通常在某一範圍內，並不代表或指出特別某一個人或事物，例如：

1.　*Anyone* in my class can answer that question. 我班上任何人都能回答這問題。

當然，不定代名詞可泛指世上任何的人或事物。例如：

2. **No one** can live without water. 沒有人可以沒有水而活下去。

在上述的不定代名詞中，有些語意是比較普遍性的。(如 all、both、each、everyone、everything 等)，有些語意比較肯定的(如 some、a few、many、a little、much、one、other、someone、something 等)，有些語意比較不肯定的(如 any、anyone、anything、either 等)，有些語意是否定的(如 none、nothing、nobody、few、little 等)。這些不定代名詞用法上有以下的一般注意事項：

(1) 提及不定代名詞時，通常使用第三人稱的代名詞，其數與性視句意而定。如單數而性別不知時，正式用法用 he/his 等。例如：

1. **Everyone** has **his** own notebook. 每人都有他自己的筆記本。

2. **Each** of the girls in class has done **her** homework. 班上每個女孩子都做好她的功課。(從句中上下文已知是女性)

3. If you see **anyone** there, tell **him** to leave at once. 如果你在那看到任何人，叫他馬上離開。

4. If **anyone** has an headache, **he** can take an aspirin. 如果有任何人頭痛的話，他可以服用阿司匹靈。

5. **Each** of the books has **its** own value. 這些書中每一本都有它的價值。

6. I told **both** of the students to bring **their** own notebook. 我叫這兩個學生都把他們自己的筆記本帶來。

注意：上面 14.2.1.3 節已提到，在非正式用法中，everyone、anyone 等不定代名詞可用第三人稱複數代替。

例如：

7.　If **anyone** has an headache, **they** can take an aspirin.

8.　**Everyone** think that **they** have a right to come here.

(2)　在語意上可以是單數也可以是複數的不定代名詞（如 all、most、some 等），其數常視其後的 of 片語而定。例如：

1.　All of the boys **are** here. 所有的男孩子都來了。

2.　All of the meat **was** eaten. 所有的肉都被吃了。

3.　All students **are** here. 所有的學生都在這兒。

4.　Most of what he said **was** true. 他所說的大部分都是真實的。

5.　Some of the milk **is** sour. 這些牛奶中有一些是酸的。

6.　Some of the soldiers **were** wounded. 有些士兵受了傷。

當然，不定代名詞本身的語意也是其數的主要因素之一。例如 all 表示「所有的人」時用複數（如 **All are** present.「所有的人都出席」），表示「一切」時用單數（如 **All is** lost.「一切都失去了」）。Everyone, anyone 等用單數，例如：

7.　**Every one** of the girls **was** happy. 這些女孩子中每一個都快樂。

注意：everyone、anyone 等後面接 of 片語時，要寫成 **every**

one, any one（如例句 7）。

(3) 指人的不定代名詞可以有 's 所有格。例如：

no one's fault、everybody's duty 等

複合不定代名詞後接 else 時，'s 加在 else 上。例如：

someone else's book

(4) all、both、every、each、some、any、either、neither、no 可以作定詞（determiner）使用，亦即直接置於名詞之前。例如：

all students、both plans、every teacher、

each girl、some water、either parent 等

14.3.1　All、Both、Each、Every

這幾個字都指整體的組成成分（分子）。both 指兩個人或事物，each 可指兩個或多於兩個的人或事物，all 及 every 則指三個或多個的人或事物。

(1) All 表示組成成分的總和。Each（每人、每個）表示個別的分子。Every（每、每一個、所有的）重點在把個別分子連成一體，表示其共同性與包容性。

1. *All* of them are here. 他們全體都在這兒。

2. *All* (of) his brothers are tall. 他所有的兄弟都很高。

3. *Every* student is nervous. 每個學生都緊張。

4. *Each* of them was very generous. 他們每一個都很慷慨大方。

5. *Both* (of) the teachers study the subject carefully.

兩位老師用心研讀這科目。

(2) All 通常與複數名詞或不可數名詞連用。例如：

1. *All* (*of*) *the cakes were eaten.* 所有的蛋糕都給吃掉
   了。

2. *All* (of)the meat was eaten. 所有的肉都給吃掉了。

如表示單數可數名詞的「整體」時（包括集體名詞），我們通常比
較喜歡用 the whole。例如：

3. *The whole* cake was eaten. 整個蛋糕給吃掉了。

4. *The whole* family was invited. 全家都被邀請了。

(3) all、both 及 every 與否定詞 not 連用時，通常只表示部分否
定。例如：

1. a. *Every* man can *not* be a novelist. 並非人人都能
      做小說家。

   b. *Not every* man can be a novelist. 並非人人都能
      做小說家。

2. a. *All* of the boys are *not* hungry. 並非所有的男孩
      子們都餓了。

   b. *Not all* of the boys are hungry. 並非所有的男
      孩子們都餓了。

3. a. *Both* of them are *not* greedy. 他們兩人並非都是
      貪心的。

   b. *Not both* of them are greedy. 他們兩人並非都是
      貪心的。

注意: (a) 雖然上面各句中 a、b 兩項都表示部分否定但是以 b
的說法比較明確。

(b) 以上例句的全部否定分別是:

1. No man can be a novelist.

2. None of the boys are hungry.

3. Neither of them are greedy.

(4) each 與 all 可作同位語使用。

1. *We all* want to stay here.　我們都喜歡留在此地。

2. The *students* have *each* solved a math problem.
學生們每人做了一題數學題目。

14.3.2 Some 與 Any

Some (以及複合詞形式 someone、somebody、something)通
常用於肯定句; Any (以及複合詞形式 anyone、anybody、any-
thing)則用於否定句, 疑問句及條件句。例如:

1. We have *some* cookies. 我們有些小餅乾。

2. A: Do you have *any* cookies?　A: 你有小餅乾嗎?
B: Yes, we have *some*.　B:。我們有一些
或 No, we don't have *any*. (或) 我們沒有。

3. Do you know *anyone* by that name? 你認不認識任
何叫那個名字的人呢?

4. We have *some* money, but we don't want to lend
you *any*. 我們有些錢, 但不想借給你。

5. If *anything* happens, call me at once. 如有任何事

情發生，立即打電話給我。

注意：(a) 如預期肯定的回答時，問句也可以用 some。

The wine is excellent. Would you want *some*?

這酒好極了，要不要來一點？

Can I have *some* water? 可以給我一點水嗎？

(b) any（或 anyone 等）用於肯定句時要唸重音，而且通常 (1)句子中含有情態助動詞（will、may、can 等），(2) any 所修飾的名詞組（或 anyone 等）後面含有片語或子句修飾語，(3)通常名詞組為單數名詞。例如：

He will eat *any* kind of food. 他任何食物都會吃。

You may come and see me (at) *any* time. 你任何時間都可以來見我。

She will eat *anything* (*which*) *you give her*. 她會吃你給她的任何東西。

Anyone who drives through a red light is pun ished. 任何闖紅燈的人都要受罰。

14.3.3 One

One 的主要用法有三種：

(1) 表示數目／量的 one。例如：

1. I have two donuts. Would you like *one* (of them)? 我有兩個甜甜圈。你要來一個嗎？

2. She has three T-shirts. *One* (of them) is black. 她有三件運動衫。其中一件是黑色的。

這種用法還包括 one…the other、one…another, 例如:

3. He has two wool sweaters. (The) One is black, *the other* is red. 他有兩件毛衣。一件黑色, 另一件紅色。

4. I have a few copies of the latest fashion catologs. I have given you *one*(of them). Would you like to have *another*? 我有好幾分最新時裝的型錄。我已經給了你一份。你是否再要一份?

(2) One 來代替名詞, 避免重複 (ones 代替複數名詞)。例如:

1. A: Do you have *a pen*?你有筆嗎?

B: Yes, I do. I have *one*. (=a pen) 有的, 我有一枝筆。

或 B: Yes, I do. In fact, I have several new *ones*. (=several new pens) 有的。事實上我有幾枝新筆。

注意: 如 one 的先行詞是有所特指時, 則不能用 one, 只能用 it 代替。例如: Do you have *the book*? Yes, I have *it*.

(3) 泛稱的 one。例如:

1. *One* should study hard. 人應該用功讀書。

注意: 泛稱的 one 可以有所有格 one's 及反身代名詞形式 oneself。

2. *One* should love *one's* own parents. 人應該愛自己的父母。

3. *One* must take care of *oneself*. 人必須照顧自己。

(one's 與 oneself 的用法相當正式；在美式英語中，常用 his/himself 代替。如 **One** should love **his** own parents; **One** must take care of **himself.**)

14.3.4　No One 與 None

no one 意思是「無一人」(只用於人)，與單數動詞連用。none 表示「無一人，或物」(可指人也可指物)，在比較傳統的用法中，none 與單數動詞連用，但現在的用法常與複數動詞連用。

1. **No one** likes him. 沒有人喜歡他。

2. **None** are(is) happy with this result. 沒有人對這結果覺得高興。

3. A: Are there any students?A: 那裏有學生嗎？

    B: No, there are **none**. B:沒有，一個也沒有。

4. A: Are there any apples in the basket? A:籃子裏有蘋果嗎？

    B: No, there are **none**. B:沒有，一個也沒有。

14.3.5　Other 與 Another

(1) other 可加-s 成爲複數；another 只有單數。

1. I don't like these shirts. Show me some **others**.我不喜歡這些襯衣。拿一些別的給我看看。

2. This hat is too big. Show me **another**. 這頂帽子太大了。拿另一頂給我看看。(這句中的 another 可以用 any other 代替。)

(2) 提及兩個人或兩件事時，用 one...the other：

1. I have two watches. **One** is new and **the other** is old. 我有兩個錶，一個新另一個舊。

(3) 提及三個人或事物而又要分別列舉時，用 one、another、the other。

1. She has three sisters; one lives in Taipei, another lives in Taichung, and the other（或 the third）lives in Tainan.她有三個姊姊，一個住在臺北，另一個住在臺中，還有一個住在臺南。

(4) some...others 表「有些……，另一些……」。

1. **Some** like coffee while **others** don't. 有些人喜歡咖啡，另一些人不喜歡。

(5) one 與 another 連用。

1. Theory is **one** thing; practice is **another**. 理論是一回事；實際是另一回事。

2. They walked out **one** after **another**. 他們一個跟著一個地走出去。

(6) the others 表示特定的一群人中的「其餘那些人」；others 表示「別人」之意。

1. Only five students in my class passed the math exams; **the others** failed. 我班上只有五個學生數學考

試及格；其他的都不及格。

2.　We should be kind to *others*. 我們應該對別人和善。

14.3.6　Either 與 Neither

either 與 neither 都只能指兩個人或事物，只與單數動詞連用。either 語意爲肯定，neither 爲否定。

1.　***Either*** of the plan will do. 這兩個計劃中任何一個都行。

2.　***Neither*** of them will come. 他們兩人都不會來。

3.　***Either*** of his brothers *is* at home at this time. 現在他兩個兄弟中會有一人在家。

4.　***Neither*** of them *is* happy. 他們兩人都不快樂。

14.3.7　Many、Much、Few、Little

many 與 much 表示數與量的「多」(multal)，few 與 little 表示數與量之「少」(paucal)。many 與 few 指可數名詞的複數；much 與 little 指不可數名詞。例如：

1.　***Many*** of the students have left. 學生當中很多都已經走了。

2.　***Few*** of them said good-bye to their teacher. 他們當中沒幾個人對他們老師說再見。

3.　***Much*** of his money has been wasted. 他的錢很多都浪費了。

4.　***Little*** of the truth is known. 此事的眞相人們知道不多。

few 與 little 含有內在的否定語意，因此 few 是「很少」（沒幾個）之意；little 是「很少」（沒多少）之意，表示「一些」「幾個」「少數」時用 a few；表示「一點」「少量」用 a little。（如 *a few* of the books, *a few* books; *a little* of the food, *a little* food 等）

14.3.8 Several、Half、Enough

several（幾個）永遠是複數，其語意要比 a few 所表之數目多一些。enough（足夠）語意與 too little 與 too few 相反。例如：

1. *Several* of my friends attended the meeting. 我有個朋友出席了這會議。

2. *Half* of the children have come. 孩子們有半數已經來了。

3. I have seen *enough* of his tricks. 他的把戲我看夠了。

14.4 指示代名詞 (Demonstrative Pronouns)

指示代名詞主要用來指明特定的人或事物，特別是在說話的上下文所提過的人或事物。指示代名詞包括 this、these、that、those 以及 same、such 與 so。除 this 與 that 有複數形式（these 與 those）外，指示代名詞的格與數都沒有特別字形。

14.4.1 This、These、That、Those

(1) this(these)指比較近說話者之人或事物；that(those)則指距

離說話者比較遠的人或事物。例如：

1. ***This*** is a metronome. 這是一個節拍器。

2. ***That*** is Jack's car over there. 那邊的一輛汽車是 Jack 的。

3. A: What's ***this***?

   B: ***That's*** a metronome. （節拍器離 B 較遠）

   B 也可說: ***It's*** a metronome. (因而避免了「遠」或「近」的考慮。）

4. ***These*** are new books. ***Those*** are old ones. 這些是新書。那些是舊書。

(2) 在社交場合中介紹別人時可用 this。例如：

1. Tom: John, ***this*** is my sister Ann. Tom 對 John 說: John，這是我妹妹 Ann。

2. 電話裡: Hello. ***This*** is Tom Wilson. 喂，這（我）是 Tom Wilson。

(3) this 與 that 可代表前面所說過的句子，詞組等。例如：

1. I was absent yesterday. ***This*** made my teacher very angry. 昨天我缺席。這事使我老師很生氣。(This 指 I was absent yesterday.)

2. He is indeed very young. But ***that*** does not disqualify him as a candidate. 他真的是很年輕，但那並不使他失去當候選人的資格。

(4) that 與 those 可用來代替名詞, 以避免重複。例如:

1. I understand the history of my own country better than *that* of France. 我了解我國的歷史更多於了解法國的歷史。

2. The patterns on his shirt are similar to *those* on my shirt. 他襯衣上的圖形與我襯衣上的 (圖形) 相似。

(5) those 後面可接關係子句, 表示「……的人們」。例如:

1. We do not trust *those* who lie. 我們不相信說謊的人。

2. God helps *those* who help themselves. 天助自助者。

(6) this…that 表示「後者……前者」(the latter…the former)。例如:

1. Theory and practice are equally important.
   This provides empirical evidence for *that*. 理論與實際是同等重要的。後者可以給前者提供經驗上的證據。
試比較句 1 與下面句 2:

2. Theory and practice are equally important .
   The one provides guiding principles for research, and *the other* provides empirical evidence. 理論與實際是同等重要的。前者提供研究指導原則, 而後者則提供經驗上的證據。

注意: 無論 this…that 或 the one…the other 其意思對中國學生而言, 都需要強記。因此, 初學者倒不如用 the former…the latter 更為穩當, 因為 former 與 latter 字面的意思就很清楚表示「前者」與

「後者」的語意。可避免混淆。

14.4.2　Such

(1)　such 可指人或物。例如：

1.　Tom is a fool.　And everyone treats him as **such**.
（＝as a fool）. Tom 是個笨蛋，人人都把他當笨蛋看待。

2.　**Such** were the results of our negotiation. 這就是我們商討的結果。

(2)　另外，such 可以置於名詞前，做形容詞用。例如：

3.　I have never seen **such** a diligent student **as** he. 我從未見過一個像他那樣用功的學生。

4.　He was **such** a good candidate **that** everyone voted for him. 他是這麼好的候選人，以致人人都投票支持他。（that 引導的是一個表示程度的副詞子句。）

(3)　such as（諸如）常用來列舉例子。例如：

5.　She is a multilingual.　She can speak several languages, **such as** English, Spanish, French, and Arabic. 她是個多語使用者，她會說好幾種語言，例如英語，西班牙語，法語以及阿拉伯語。

14.4.3　So

(1)　so 可以在句子中代替前面已說過的詞組（通常是動詞組），以避免重覆。而在含 so 的句子中，so 通常作受詞或補語。例如：

1.　A:　Will he be on time? 他會準時嗎？

B: I hope *so*. 我希望他會。

I think *so*. 我想他會的。

I suppose *so*. 我想他會的。

等等

例句 1 中，so 代替 will be on time, 而做動詞 think、hope、suppose 的受詞。

2. I haven't seen that movie yet, but I plan to do *so* on Sunday. 我還未看那部電影，但我打算星期天去看。

在例 2 裏，so 代替 see that movie。

注意: 在例 1 的答句中的 so, 也可以置於主詞前面, 如 So I hope、So I think、So I suppose。但如動詞是 see、notice、hear 時, so 必須置於主詞前, 因此我們可以說 So I hear 等, 但不可說 * I hear so 等。

3. A: This is important. A: 這很重要。

B: Is that *so*? B: 是（這樣的）嗎?

4. Tom was an atheist for years and is quite likely to remain *so*. Tom 多年來都是個無神論者，很可能現在仍舊如此。

5. A: I think he may be a graduate student. 我想他可能是研究生。

B: *So* he is. 是啊，他是研究生。

在例 3、4、5 裏，so 是補語。

(2) so 表示 also 或 too 之意時，也可代表前面已說過的詞語，但助動詞或 be 要與主詞倒裝。例如:

1. I am a student, and *so* is she. 我是個學生，她也是。

2. I will go, and *so* will they. 我會去，他們也會。

3. I want to help you, and *so* do they. 我想幫助你，他們也想。

14.4.4　Same

當代名詞使用時，same 要加定冠詞 the。例如：

1. If you give him a new apartment, I want *the same*.如果你給他一幢新公寓，我也要。(the same＝a new apartment)

2. What he is doing now is *the same* as what you did a year ago. 他現在所做的事就跟你一年前所做過的一樣。

the same 也可以作形容詞：

3. We live in *the same* house. 我們住在同一間屋子裏。

14.5　相互代名詞(Reciprocal Pronouns)

(1) 相互代名詞有 each other、one another 兩種形式。例如：

1. Tom and Mary helped *each other*. Tom與Mary 互相幫助。

雖然相互代名詞與反身代名詞有點相似，但兩者是有基本的差異。試比較：

2. Tom and Mary blamed *themselves*. Tom 與 Mary 他們責怪自己。(其意為 Tom blamed himself 及 Mary

blamed herself.)

3. Tom and Mary blamed *each other*. Tom 與 Mary
互相責怪對方。(其意爲 Tom blamed Mary 及 Mary
blamed Tom)

(2) 傳統文法強調兩者之間用 each other，兩者以上則用 one
another。但根據 Quirk 等人(1985)的說法，這種分法並無多少實用
的基礎。亦卽是說很多情況下兩種形式可以通用。在當代英語中，one
another 與 each other 主要的區別在於體裁。前者比較正式，後者
(each other)則比較不正式。

(3) each other 與 one another 可以有所有格。例如：

1. The students borrowed *each other's* (或 *one
another's*)notebook. 學生們互相借（對方的）筆記本。

(4) each other 與 one another 的先行詞必須是複數。例如：

1. Peter and Mary trust *each other*. Peter 與 Mary 互
相信任（對方）。

2. They love *each other*. 他們相愛。

(5) each other 與 one another 不可作句子的主詞。因此，我們不
可以說：

1. * Each other was there.
但在深層語意上作不定詞的主詞則可。例如：

2. The two sisters wanted *each other* to be happy.

這兩姊妹都想對方幸福。

例 2 之 each other 在深層語意上是 be happy 的「主詞」。但在句子表面結構中，是動詞 wanted 的受詞。

14.6 疑問代名詞(Interogative Pronouns)

在前面第十一章，11.3 節中，我們討論過 wh-問句。其中在問句中作主詞，受詞或主詞補語使用的疑問詞 who、whom、whose、which、what 亦稱為疑問代名詞。例如：

1. *Who* came here? 誰來到這兒？
2. *Who/Whom* did you see? 你看見誰？
3. *Whose* is this? 這是誰的？
4. *Which* do you prefer? 你比較喜歡哪個？
5. *What* do you want? 你想要些什麼？
6. *What* did you see? 你看見什麼？

注意：whom 為受格，在當代英語，特別是口語中，很少用。但介詞後面則必須用 whom。例如 For whom did you buy this radio? With whom did you talk? 然而，這種說法非常正式。因此在口語中，我們比較會說 Who did you see? Who did you talk with?

有關更多的例句，請參看 § 11.3。

14.7 關係代名詞(Relative Pronouns)

關係代名詞除了可以指稱其先行詞以外，還可以作連接詞使用，

引導關係子句。關係代名詞有 who、whom、whose、which、that 等。例如：

1. I know the boy **who** came to your store yesterday. 我認識那個昨天到你店裏來的男孩子。

2. The boy **who/whom** you saw yesterday is my student. 你昨天看見的那個男孩子是我的學生。

3. The boy **whose** father is a lawyer is also my student. 那個男孩也是我的學生，他的父親是一位律師。

4. The book **whose** cover is green is on the table. 那本封面是綠色的書在桌子上。

5. I like the book **that/which** you bought yesterday. 我喜歡你昨天買的那本書。

6. The book **that/which** is on the desk is mine. 桌上的那本書是我的。

注意：whose 可指人或物，who 只指人，that 可以指人或物，which 只指物。

有關關係代名詞用法的詳細說明，參看本書下冊討論關係代名詞的一章。

14.8 代名詞的指稱(Referents of Pronouns)

代名詞所指的人或物為其指稱(referent)或先行詞(anticedent)。代名詞與其指稱在人稱，數及性方面要一致。例如：

1. John loves **his** parents. John 愛父母。

2. The students have come. ***They*** all look tired.學生們已經來了。他們看來都很累。

3. Peter and Nancy are classmates. ***They*** are also neighbors. Peter 與 Nancy 是同學，他們也是鄰居。

有關人稱上的一致的注意事項，參看§ 14.2.1.2。

14.9　不定形容詞、指示形容詞、疑問形容詞等

不定代名詞、指示代名詞及疑問代名詞中，大多數都可以置於名詞前面，當形容詞使用。例如：

1. ***Any*** student can answer that question. 任何學生都能回答這問題。

2. ***Some*** students are late. 有些學生遲到。

3. ***Every*** student has his own books. 每個學生都有自己的書。

4. ***Both*** (the) students failed in the exam. 這兩個學生都不及格。

5. I want ***another*** hat. 我要另一頂帽子。

6. ***Many*** students don't like math. 很多學生不喜歡數學。

7. ***Which*** chapter have you read? 你唸了哪一章？

8. ***What*** difference does it make? 這有什麼不同呢？

9. ***Whose*** hat is this? 這是誰的帽子？

10. I like ***this***/***that*** pen. 我喜歡這／那枝筆。

11.　***These/Those*** students are very diligent. 這／那些學生很勤勉。

《做練習上冊　習題 18》

第十五章

主詞與動詞的一致 (Agreement of Subjects and Verbs)

15.1 英文句子中語詞的一致

英語文法中，語詞的一致(agreement)主要有兩種，一種是代名詞與其指稱（先行詞）在人稱、性與數之間的一致，另一種是主詞與動詞在人稱與數上面的一致。前者在前面一章已經討論過，本章只討論後者。

一般而言，動詞在時態與數上面有不同的形式（例如 go、goes、went、gone 等），動詞 be、have、do 除時態與數以外，還有人稱上的不同形式。這些不同形式，在使用上要與主詞一致。（關於 Be、Have 及 Do 的各種形式，參看第五章，5.2 節。）例如：

1. *John goes* to school every day.　John 每天都上學。

2. *She has* two younger sisters.　她有兩個妹妹。

3. *They are* students.　他們是學生。

有關主詞與動詞的一致，我們可以列舉以下的一般情形：

(1) 動詞為現在式時

動詞有兩種形式：一是第三人稱單數(如 he goes、she teaches、he wants 等)，二是第一、二人稱單數及所有人稱的複數 (如 I go、you teach、they talk、the children play 等)。

(2) 動詞為過去式時

動詞只有一種形式(如 he came、they came、John came、we talked、the children talked 等)。Be 動詞為例外，有兩種過去形式 was、were，分別與單數或複數主詞連用。

由這兩種情形看來，一般情形下，主詞與動詞的一致應該不會很困難。學生覺困惑的情形往往是主詞含有片語修飾語或主詞是形式比較複雜的名詞組 (如以 and 或 or 連接兩個或以上的名詞)。例如：

1. A ***box is*** on the desk. 桌上有一個盒子。

2. A ***box*** of nails ***is*** on the desk. 桌上有一盒釘子。

例 2 中雖然 be 動詞前面是 nails，但真正主詞還是 box，of nails 只是修飾 box 的片語。因此動詞只與 box 一致。我們不能受 nails 的影響而說成 * A box of nails are on the desk. 所以，找出真正的主詞，是決定動詞形式的重要因素。以下 15.2 節中，我們列出主詞與動詞一致應注意的一些原則。

15.2 主詞與動詞一致的一些原則(Some Rules of Agreement of Subjects and Verbs)

(1) 主詞後接片語修飾語時，動詞通常與主詞一致，片語中的名詞通常與動詞形式無關。例如：

1. A *box* of nails *is* on the table.

2. Two *boxes* of candy *are* stolen.　兩盒糖果被偷走了。

3. *Tom*, together with all his students, *has* just *arrived*.　Tom 和他所有的學生剛剛到達。

(2) 主詞含有兩個或兩個以上用 and 連接的名詞時，動詞通常用複數形式。例如：

1. *Tom and Peter are* neighbors.　Tom 與 Peter 是鄰居。

2. *The pen and the paper are* on the desk.　筆和紙都在桌上。

3. *Tom, Peter, and Mary are* good friends.　Tom, Peter 和 Mary 是好朋友。

但是，如以 and 連接的名詞指的是同一個人或同一事物或概念時，動詞用單數。例如：

4. *Curry and chicken is* my favorite dish.　咖哩雞是我喜歡的一道菜。

5. *A needle and thread is* what she needs right now.　她現在所需要的是一根穿了線的針。

6. *My old friend and colleague*, Harry, *has* just gone to New York.　我的老朋友也是老同事 Harry 剛去了紐約。

7. *Bread and better* is the only thing I usually have for breakfast.　塗了奶油的麵包是我早餐通常吃的唯一

的東西。

(3) 兩個或兩個以上的名詞由 or 或 either…or 或 neither…nor 或 not only…but(also)連接時，動詞與最接近動詞的名詞一致。例如：

1. The teacher or the **students have** to do this job. 老師或學生們必須做這工作。

2. Either you or **he has** broken the cup. 你或他把杯子打破了。

3. Neither they nor **I was** mistaken. 他們或是我都沒有錯。

4. Not only the students but(also) **the teacher is** going to help me. 不止學生們，連老師也會幫助我。

注意：如兩個名詞由 as well as 連接時，動詞與第一個名詞一致。例如：

5. **John** as well as you **is** tired. John 和你都累了。

（比較：Not only you but also John is tired.）

6. You, as well as John, **are** tired. 你和 John 都累了。

(4) 集合名詞（如 audience、committee、family、class、company、group、multitude、assembly「大會」、faculty「教師」、government、jury「陪審團」、public「大眾」等、被視作一個獨立單位時，動詞用單數；如表示該群體或集合的個別成員的總和時，動詞用複數。例如：

1. The audience **was** excited by the performance. 觀

衆看表演看得很興奮。(表示「觀衆們」也可以說 The audience *were* excited by the performance.)

2. My family *is* not very large.　我的家不是個大家庭。(指人口不多)

3. My family *are* all tall.　我全家人都很高。

4. The committee *is* going to hold its first meeting next week.　委員會下週將舉行第一次會議。

5. The committee *have* disagreed among themselves. 委員會中的委員們意見不一。

(5)　以下的不定代名詞通常與單數動詞連用：each、everybody、everyone、everything、any、anybody、anyone、anything、somebody、someone、something、one、no one、nothing、none、nobody、either、neither、another、the other。例如：

1. *Everything is* O. K.　一切安好。

2. *No one is* perfect.　沒有人是完美的。

3. *Someone wants* to see you.　有人想見你。

4. *Something is* missing.　缺少了一些東西。

注意：None 可以與單數或複數動詞連用。如：None has come on time. 沒有人準時來。None were on time. 沒有人準時。

(6)　以下不定代名詞通常與複數動詞連用：all、both、a few、few、many、several、some。例如：

1. *All are* here.　所有的人都在這兒。

2. *Several have* come.　有幾個人來了。

3. *Both are* happy.　兩個人都快樂。

注意：(a) all 指事物或情況時，動詞用單數，如 All is quiet here. 這兒一切平靜。

(b) many a＋名詞與單數動詞連用。例如 Many a man wishes that he has a better education.

(7) People 表示「人們」之意時動詞為複數，表示「民族、種族、國家」時，動詞可以單數或複數。例如：

1. Many *people* love peace. 很多人愛和平。

2. There *are* many *peoples* in Asia. 亞洲有許多民族。

3. The Chinese are *a* hard-working *people*. 中國人是一個勤勉的民族。

(8) 主詞是 A number of＋名詞時，通常動詞為複數（因為 a number of＝several，為複數語意的修飾語）；主詞是 The number of＋名詞時，通常動詞為單數（因為真正的主詞是 the number，而 of＋名詞為片語修飾語）。例如：

1. *A number of students* in my class *are* very lazy. 我班上有幾個學生很懶惰。

2. *The number* of students in my class *is* too large. 我班上學生的數目太大了。

3. *The number* of students in the pronunciation practice class *is* limited to 20. 發音練習班上學生的數目限定為 20 個。

(9) A lot of、lots of、plenty of 等比示「多量、大量」語意的片

語引起的主詞，其數通常取決於這些片語後面的名詞。例如：

1. *A lot of students have* gathered around the gate.
   很多學生已經聚集在大門口了。

2. *A lot of money was* given to the poor.　很多錢送
   給了窮人。

3. *Plenty of time is* needed.　需要很多時間。

注意：下列片語很常用，其意等於 many 或 much，或兩者均可。

1. a good many(of)、a great many(of)：〔＝many〕

2. a good deal(of)、a great deal(of)、a large(或 small)
   quantity（或 amount）of：〔＝much〕

3. a lot of、lots of、plenty of 等：〔＝many 或 much〕

第 1 類後面接複數名詞，動詞為複數；第 2 類後面接不可數名詞，動詞為單數；第三類後面如接不可數名詞時，動詞為單數，接複數名詞時，動詞則為複數。

⑽　表分詞語(partitives)如 half of、one third of、one fourth of、part of 等引導的主詞，其數通常取決於這些表分詞語後面的名詞，如名詞為單數，動詞用單數，如名詞為複數，動詞則用複數。例如：

1. *Half* of the *boys are* here.　男孩子們半數已來了。

2. *Half* of the *crude oil is* imported.　有一半原油是
   進口的。

3. Twenty percent of the *people are* still illiterate.
   百分之二十的人還是文盲。

4. *Thirty percent* of our drinking *water comes* from

that lake.　我們飲用的水有百分之三十取自那個湖。

5.　*Part* of the *money was* stolen.　部分的錢被偷了。

6.　*One fourth* of the *students are* absent.　四分之一的學生缺席。

7.　*One fourth* of our *time is* wasted.　我們的時間有四分之一浪費掉。

　　其他常用的表分詞語還有：the majority of「大多數」、the rest of「其餘的」、a large（或 small）proportion of「大（或小）部分」等。

　　(11)　表示時間、重量、距離、價格等語詞如視作一個總數時，動詞用單數。例如：

1.　Two hundred miles *is* a long distance.　兩百哩是一段很長的距離。

2.　Two million dollars *is* a large sum of money.　兩百萬元是數目很大的一筆錢。

3.　Thirty days *seems* to be a long time.　三十天似乎是很長的一段時間。

注意：如表示這些數目中的個別成分之時，用複數。例如：

4.　Thirty *days have* already passed since he was kidnapped.　自從他被綁架以來，已經過了三十天了。

5.　Five million *dollars have* been spent on that project.　五百萬元已經花在那個計劃上了。

　　(12)　書、報、雜誌、公司、國家等等專有名詞通常用單數動詞。例

如：

1. ***The Old Man and the Sea is*** a good novel.　老人與海是一本好小說。

2. ***The United States is*** a world power.　美國是世上一個強國。

⒀　主詞形式為「名詞＋not/but not 等＋名詞」時，動詞通常與肯定的名詞一致。例如：

1. ***I***, but not you, ***am*** the leader of the team. 隊長是我，不是你。

2. ***The teacher***, not the students, ***is*** absent. 缺席的是老師，不是學生。

⒁　前導詞 it 與 there

作為前導主詞，it 與單數動詞連用。例如：

1. ***It is*** John that came last night.　昨晚來的人是 John.

2. ***It is*** wrong to tell lies.　說謊是不對的。

3. ***It is*** true that she wrote the report.　她真的寫了報告。

There 所引導的句子中，動詞的數取決於真正的主詞。例如：

1. There ***is*** a ***box*** on the desk.　桌上有一個盒子。

2. There ***are*** twenty ***students*** in the classroom.　教室裡有 20 個學生。

《做練習上冊，習題 19》

索　引　(Index)

D

E